ADVENTSMORD UND AJOURMUSTER

EIN VAMPIR-STRICKCLUB-ADVENTSKRIMI

NANCY WARREN

Adventsmord und Ajourmuster, ein Vampir-Strickclub-Adventskrimi

ISBN: Ebook 978-1-998239-05-4

ISBN: Gedruckt 978-1-998239-04-7

Cover-Gestaltung von Lou Harper von Cover Affair.

Übersetzung: Sarah Goldmarleen – Language + Literary Translations, LLC.

Ambleside Publishing

VORWORT

Adventsmord und Ajourmuster: ein Vampir-Strickclub-Adventskrimi

Als Lucy eine vorweihnachtliche Strickrunde veranstaltet, amüsieren sich alle prächtig, bis jemand ermordet wird ...

Und der Täter muss einer der Teilnehmer sein ...

Im Wollgeschäft Cardinal Woolsey's in Oxford einen kitschigen Weihnachtspulli zu stricken, hätte eigentlich etwas Entspannendes sein sollen. Bis eine Strickerin vom Hocker fällt. Schnell ist der Amateurdetektivin Lucy klar, dass ein Mord in der Luft liegt und der Täter einer der Strickenden sein muss.

Dieser Krimi ist eine unterhaltsame Variante vom klassischen Rätsel in einem verschlossenen Raum. Allerdings ist kein Zimmer jemals wirklich verschlossen, wenn darunter Vampire wohnen. Aber tragen tatsächlich die untoten Stricker die Schuld? Oder geht es bei der Strickrunde in Oxford um mehr als pummelige Weihnachtsmänner und leuchtende Rentiere?

Dies ist ein kurzer Adventskrimi. Auf Englisch erschien er bereits in der Sammlung: *Six Merry Little Murders*.

Diese Geschichte aus der Buchreihe *Der Strickclub der Vampire* kann auch für sich allein gelesen werden und bereitet sicherlich größere Freude als ein unansehnlicher Weihnachtspulli. Sie verspricht viel jugendfreie Unterhaltung, mysteriöse Machenschaften und fröhliche Festtagsstimmung.

Melden Sie sich zu Nancys spamfreien Newsletter auf NancyWarrenAuthor.com an und erhalten Sie gratis die Geschichte von Rafe, dem hinreißend attraktiven Vampir aus der Serie *Der Strickclub der Vampire*.

Werden Sie Teil von Nancys privater Gruppe auf Facebook, wo wir uns über Bücher, Stricken, Haustiere und das Leben an sich austauschen. facebook.com/groups/NancyWarrenKnitwits

SO BEURTEILEN LESER DIE SERIE
„DER STRICKCLUB DER VAMPIRE"

„DER STRICKCLUB DER VAMPIRE ist ein entzückender, paranormaler Cosy-Krimi, der in einem Strickladen in Oxford, England, spielt. Mit der unerschrockenen Spätentwicklerin und Amateur-Detektivin Lucy Swift und einer Reihe wirklich unvergesslicher Charaktere lässt dieser Krimi nichts zu wünschen übrig. Er ist originell und lustig, die Handlung hat viele unerwartete Wendungen und auch eine äußerst kluge Katze ist dabei. Ich kann diesen spritzigen Beitrag zum Genre der Cosy-Krimis wärmstens empfehlen."

— JENN MCKINLAY, NEW-YORK-TIMES
BESTSELLER-AUTORIN

„Dieser Roman ist so gut geschrieben und amüsant, dass ich ihn nicht aus der Hand legen konnte."

— DIANA

„Eine lustige und fantastische Lektüre."

— DEBORAH

ADVENTSMORD UND AJOURMUSTER

KAPITEL 1

*E*s gibt ein Phänomen, das gegen Ende Dezember auf den Britischen Inseln an allen Ecken und Enden zu finden ist. Dabei verwandeln sich erwachsene Männer buchstäblich in Kleinkinder, und sogar die seriösesten Leute machen sich zum Narren. Ich spreche natürlich vom Weihnachtspullover. Das, was wir Amerikaner einen *Christmas Sweater* nennen würden, hieß hier im Vereinigten Königreich *Christmas Jumper*, und aus irgendeinem unerfindlichen Grund musste dieser hässlich sein – je schrecklicher, desto besser. Keine Ahnung, warum.

Es war einer der seltsamsten britischen Bräuche, die ich zu verstehen versuchte.

Zwar hatte ich mich nun, da ich schon seit über einem Jahr in dieser schönen Stadt lebte, an das Leben in Oxford gewöhnt, aber ich konnte mir nicht vorstellen, dass ich mich jemals ganz an Weihnachtspullover gewöhnen würde, auch wenn ich ein Strickwarengeschäft besaß. Mit dem Verkauf von Wolle und Mustern für diese auffälligen, kindischen Pullover, die mit Motiven wie Weihnachtskuchen, Rentieren,

Schneemännern und Elfen verziert waren, konnte man einigen Umsatz machen.

Selbst an Orten, wo man eigentlich hoffte, als Kunde ernst genommen zu werden – beispielsweise Banken oder Zahnarztpraxen – kam man sich bei dieser Weihnachtspullover-Hysterie eher vor wie ihm Kindergarten. Irgendwie hatte es etwas besonders Beunruhigendes an sich, wenn die Person, die mit einem Zahnbohrer in der Hand auf einen zukam, einen knallroten Pullover voller Fusseln und Knötchen trug, auf dem ein schlecht gestricktes Rentier prangte.

Aber ich ließ mir nie ein Geschäft entgehen, und auf Anregung meiner Großmutter hatte ich ein paar Sets zusammengestellt, die speziell für diejenigen gedacht waren, die versuchen wollten, sich ihre Weihnachtspullis selbst zu stricken. Meine Großmutter mochte zwar eines der untoten Mitglieder des Strickclubs der Vampire sein, der sich zweimal pro Woche in meinem Laden traf, aber bevor ich das Geschäft geerbt hatte, hatte es ihr gehört, und sie hatte immer noch gern ihre Finger im Spiel.

Da ich sowohl bei meiner Ladenführung als auch in puncto Stricken noch eine ziemliche Anfängerin war, befolgte ich ihre Ratschläge gern. Sie war der Ansicht gewesen, dass wir mehr Einnahmen machen würden, wenn ich Kurse anbot, in denen man lernte, so einen Pullover zu stricken, aber ich beschloss, lieber eine Strick- und Häkelrunde zum Thema Weihnachten ins Leben zu rufen. Auf diese Weise konnte jeder kommen und irgendein Projekt mitbringen, an dem er gerade arbeitete, ohne dass von mir erwartet würde, irgendjemandem etwas beizubringen.

Unter Kundinnen und Kunden, die mit ihren Angehörigen im selben Haus wohnten und für diese Geschenke strickten oder häkelten, erfreute sich die Strickrunde sofort großer Beliebtheit. Sie bot auch eine gute Gelegenheit, sich mit anderen Gleichgesinnten zu unterhalten, während man mit seiner Handarbeit ein paar Stunden weiterkam.

Jeden Dienstagabend zwischen sieben und neun lud ich also alle meine Kundinnen und Kunden ein, die Lust hatten, mich im Hinterzimmer meines Woll- und Strickladens Cardinal Woolsey's in Oxford zu besuchen.

Einige Stammkunden waren jede Woche dabei, andere schauten nur ab und zu vorbei und erweiterten den Kreis.

Ich war etwas beunruhigt gewesen, als Mabel und Clara das erste Mal zur Strickrunde erschienen waren. Beide waren Vampirinnen, die unter meinem Laden lebten. Es gab eine Falltür, die vom Hinterzimmer in die Tunnel hinabführte, die sich unterirdisch durch ganz Oxford schlängelten. Meine untoten Nachbarn unter der Erde waren alle ausgezeichnete Stricker, die jahrelang – und in manchen Fällen jahrhundertelang – geübt hatten. Der Strickclub der Vampire traf sich nach zehn Uhr abends, eigentlich zweimal in der Woche, in Wirklichkeit aber immer dann, wenn ihnen der Sinn danach stand.

Es hatte schon immer die ungeschriebene Regel gegeben, dass die Vampire sich aus meinem Laden fernhalten mussten, wenn Menschen in der Nähe waren. Nicht, dass irgendeiner von ihnen besonders regeltreu gewesen wäre, aber ich versuchte, Tag- und Nachtwandler so weit wie möglich voneinander zu trennen. Zum Glück waren meine Vampire keine Jäger mehr. Das hatten sie nicht nötig. Sie verfügten über eine eigene Blutbank, um ihren Nahrungsbedarf zu decken, und sie hatten viele Jahre Zeit gehabt, um ihre Lebensweise zu vervollkommnen. Sie waren schlank, wohlgenährt und reich. Ihr größtes Problem war nicht der Hunger. Es war die Langeweile. Das Stricken half, sich angesichts eines ziemlich langen Daseins die Zeit zu vertreiben.

Doch Clara und Mabel hatten das gleiche Problem wie die Strickerinnen, die über der Erde lebten. Sie arbeiteten an Weihnachtsgeschenken für andere Vampire und wollten, dass diese eine Überraschung blieben. Zumindest war das die Begründung, die sie mir gaben, um der menschlichen Strickrunde beizutreten. Ich mochte Mabel und Clara, und theoretisch wären sie eine großartige Ergänzung für die Gruppe gewesen – vor allem, weil sie viel besser strickten als ich, jede Frage beantworten und jede missglückte Strickarbeit entwirren konnten. Die wahrscheinlich von mir stammen würde.

Allerdings musste ich ein paar Regeln aufstellen, bevor ich sie mit Menschen stricken lassen würde. Erstens durften sie nicht in ihrer normalen Geschwindigkeit stricken, denn die war so schnell, dass ich nicht zusehen konnte, ohne dass ich anfing zu schielen. Außerdem mussten sie aufpassen, was sie sagten. Wie die meisten älteren Menschen schwelgten auch Clara und Mabel gerne in den Erinnerungen an ihre Erlebnisse in der Vergangenheit. In der Strickrunde der Vampire war es egal, ob Mabel darüber redete, wie sie im Ersten Weltkrieg Strümpfe für verwundete Soldaten gestrickt hatte oder ob Clara von den Frostbeulen erzählte, die sie vor der Erfindung der Zentralheizung jeden Winter auf dem Schulweg bekommen hatte. Ich ermahnte sie, dass ich sie bei dem kleinsten Ausrutscher aus meiner vorweihnachtlichen Strickrunde würde verbannen müssen. Sie versicherten mir, dass sie das verstanden hätten, und so durften sie teilnehmen.

An diesem Dienstag hatten sich sechs Kunden für meine Strickrunde angemeldet, hinzu kamen Clara und Mabel.

Vor Beginn der Adventszeit hatte ich mich daran erfreut, den Eingangsbereich meines Ladens zu dekorieren. Im Schaufenster leuchteten Lichterketten, und ich hatte Strümpfe und alberne Weihnachtspullis aufgehängt sowie Geschenkideen für die ganze Familie ausgestellt – von gestrickten Teewärmern bis hin zu Kinderspielzeug. Natürlich hatte ich den Wollkorb stehenlassen, den meine schwarze Katze und Vertraute Nyx als Katzenbett benutzte, wenn ihr nach einem Nickerchen zumute war. Oh ja, meine Vertraute. Ich war nämlich auch eine Hexe. Zwar war ich bei weitem weder die klügste noch die erfahrenste Hexe in Oxford, aber ich lernte immer mehr dazu.

Wie immer vergewisserte ich mich, dass ich die Falltür, die zu den Tunneln hinunterführte, verriegelt hatte. Einen entschlossenen Vampir würde das sicher nicht aufhalten; aber es würde ihm in Erinnerung rufen, dass sich in meinem Hinterzimmer Menschen aufhielten, die ziemlich schockiert sein würden, wenn bleich aussehende Kreaturen mit kalten Händen aus dem Boden geklettert kämen.

Es war recht gemütlich im Hinterzimmer, wo ich meine Strickrunde veranstaltete. Ich hatte es zwar nicht so sorgfältig geschmückt wie den Verkaufsbereich des Ladens, aber Theodore, ein Vampir, der auch ein sehr begabter Bühnenmaler war, hatte mir einen Trompe-l'œil-Kamin mit Flammen und einem Kaminsims gemalt, an dem vier handgestrickte Strümpfe hingen, die ich mit zerknülltem Zeitungspapier ausgestopft hatte. Als ich an diesem Morgen herunterkam, hatte ich festgestellt, dass er an der gegenüberliegenden Wand ein Dorf wie aus dem Weihnachtsroman von Dickens hinzugefügt hatte – samt Weihnachtssängern auf der Straße. Als ich genauer hinsah, sah ich Scrooge, wie er von Marleys Geist erschreckt wurde und wie er auf Mr Fezziwigs Ball tanzte und schlemmte.

Theodore hatte versprochen, nach den Feiertagen den Kamin wieder zu übermalen, aber ich ahnte, dass ich das Dickens-Bild zu guter Letzt behalten würde, weil es mich den ganzen Tag zum Lächeln brachte.

Ich hatte die Szene mit einer Lichterkette eingerahmt, um den normalerweise faden Raum noch etwas festlicher zu gestalten. Wenn wir bei der Strickrunde gegen acht Uhr Halbzeit hatten, servierte ich immer Tee und Kekse. Normalerweise kaufte ich dafür abgepackte Kekse in dem kleinen Lebensmittelladen am Ende der Straße, aber heute Abend beschloss ich, mich richtig in Adventsstimmung zu bringen und meinen Strickerinnen und Strickern selbstgebackene Kekse anzubieten.

Da ich über dem Laden wohnte, war es ein Leichtes, meiner Cousine Violet, die auch meine Verkäuferin war, eine Stunde lang den Laden zu überlassen, nach oben zu gehen und ein paar Weihnachtsleckereien zu backen. Ich entschied mich für Cookies mit weißer Schokolade und Cranberrys. Diese Kekse hatte meine Mutter immer gemacht, als wir noch in Boston lebten. Obwohl ich inzwischen schon Ende zwanzig war, bekam ich um die Feiertage herum immer noch Heimweh. Mom und Dad arbeiteten als Archäologen bei einer Ausgrabung in Ägypten, deshalb sah ich sie zu Weihnachten nicht oft. Allerdings hatte ich seit meiner Ankunft in Oxford schon ziemlich viele Freunde gefunden und wusste, dass ich an den Feiertagen nicht allein sein würde. Dennoch waren die Kekse eine schöne Erinnerung an Zuhause.

Um die Zutaten zu besorgen, musste ich zum Lebensmittelladen gehen, und dabei bemerkte ich, dass der Wind so stark wehte, dass ich die Enden meines handgestrickten Wollschals unter meinen Mantel stecken musste, damit er nicht fortgeweht wurde.

„Ziemlich ungemütlich da draußen", sagte der fröhliche Lebensmittelhändler, als er die Butter, die weißen Schokoladensplitter und die getrockneten Cranberrys in die Kasse eingab.

Ungemütlich war untertrieben. Als ich den Häuserblock entlang zurück zu meinem Geschäft ging, musste ich mich gegen den Wind stemmen, als wäre er eine schwere Tür.

KAPITEL 2

*I*ch war gerade dabei, Butter und Zucker in der Küchenmaschine schaumig zu schlagen, als der Mixer plötzlich zu rühren aufhörte. War vielleicht die Sicherung durchgebrannt?

Als ich mich umschaute, stellte ich fest, dass auch mein Computer und die Lampe in der Ecke ausgegangen waren. Ich ging zum Fenster, schaute auf die Harrington Street hinunter und bemerkte, dass alle Lichter in meinem Wohnblock erloschen waren. Das war ja seltsam. Ein Stromausfall? Ich konnte mich nicht erinnern, jemals einen erlebt zu haben. Gerade als ich mich fragte, wie lange der Strom wohl fortbleiben würde, ging das Licht wieder an und der Mixer erwachte zum Leben.

Ich formte die Kekse, schob sie zum Backen in den Ofen und setzte mich mit den Stricknadeln hin, als langsam der Duft des Gebäcks den Raum erfüllte. Nyx machte es sich neben mir auf der Couch bequem, ihr schwarzer, pelziger Körper ruhte warm an meiner Seite. Ich fühlte mich rundum wohl. Auch wenn ich keine große Strickerin war, gab es

Momente, in denen sich ein friedliches Gefühl in mir breitmachte, wenn meine Hände (mit etwas Glück) etwas Schönes kreierten und ich meinen Gedanken freien Lauf ließ.

Als der Wecker klingelte, nahm ich die Kekse vorsichtig vom heißen Backblech und legte sie auf ein Abkühlgitter, um dann die zweite Charge in den Ofen zu schieben. Das Rezept ergab knapp fünfzig Kekse. Die Hälfte davon würde ich mitnehmen, um sie in der Teepause in unserer Strickrunde zu servieren. Den Rest würde ich für den Fall aufbewahren, dass jemand auf einen Tee und Kekse zu mir kam. Zumindest redete ich mir das ein, aber ich war mir ziemlich sicher, dass ich die meisten davon ganz allein essen würde.

In Grannys Schrank fand ich eine rot-grüne Dose und als meine frisch gebackenen Kekse abgekühlt waren, legte ich sie hinein.

Das Cardinal Woolsey's schloss wie üblich um fünf Uhr, aber kurz vor sieben war ich wieder unten, um mich auf die Abendveranstaltung vorzubereiten. Ich machte die Jalousien in meinem Schaufenster zu, damit die Passanten nicht auf die Idee kamen, ich wäre zum Late-Night-Shopping geöffnet. Auch den Vorhang zum Hinterzimmer zog ich zu, sodass dieses noch gemütlicher wirkte. Diese Angewohnheit stammte von der Strickrunde der Vampire, aber mir gefiel dieses heimelige Gefühl.

Ich hieß die aus der Kälte kommenden Stricker willkommen und schickte sie direkt ins Hinterzimmer, damit sie es sich dort bequem machen konnten.

Als Erster kam Hudson Caine. Hudson war einer der jüngsten Stricker, die an meiner Veranstaltung teilnahmen. Er war Student am Christchurch College und studierte irgendeine komplizierte Philosophie, die für mich ein Buch mit sieben Siegeln war. Er war ernst, sehr, sehr groß, hatte schwarzes Haar und eine Stachelfrisur. Ich schätzte, dass er etwas jünger war als ich, wahrscheinlich Mitte zwanzig.

Hudson stammte aus Liverpool und hatte einen Akzent wie die Beatles. Es machte mir nichts aus, wenn er über komplizierte philosophische Themen sprach, die ich nicht verstand; ich hätte ihm trotzdem den ganzen Tag zuhören können. Er strickte Hausschuhe für seine ganze Familie, alle in einer anderen Farbe, und versuchte, sie alle fertig zu bekommen, bevor er über die Weihnachtsferien nach Hause fuhr.

Heute Abend wollte er anfangen, an einem Paar Hausschuhe für seine Großmutter zu stricken. Ein schöner Rollentausch, fand ich. Er wolle eine hübsche rosa Wolle, sagte er, und ich half ihm bei der Auswahl. Wir entschieden uns für ein kräftiges Rosa. Nicht das blasse Rosa eines Baby-Pullovers, sondern das Tiefrosa einer gesunden Rose oder Päonie. „Die werden ihr gefallen", sagte er, „die sind richtig altbacken."

Ich lachte. „Altbacken?"

„Na ja, irgendwie altmodisch halt."

Es war zwar kein großes Geschäft, da seine Großmutter relativ kleine Füße hatte und er das Strickmuster schon besaß, aber trotzdem machte ich an den Strickabenden immer ein paar zusätzliche Umsätze.

Als Hudson seine Wolle nahm und ins Hinterzimmer ging, traf Joan Fawcett ein. Joan stützte sich schwerfällig auf ihren Stock, und ihr Blick war schmerzerfüllt. Ich vermutete, dass ihr das kalte Wetter zu schaffen machte. Joan war so alt wie meine Großmutter jetzt wäre, wenn sie nicht untot sondern weiter gealtert wäre. Somit musste sie zweiundachtzig sein. Doch sie sah älter aus und von Kummer gezeichnet. Sie trug einen grün-schwarz karierten Rock, dicke schwarze Strümpfe und schwarze orthopädische Schuhe. Ihre schwarze Strickjacke hatte sie selbst gestrickt, und darunter trug sie eine weiße Bluse, an deren Kragen eine Kamee-Brosche steckte. Ihr weißes Haar war kurz geschnitten, eher zweckmäßig als modisch, dachte ich. Sie kam nicht zur Strickrunde, um ihre Strickarbeiten vor ihrer Familie geheim zu halten. Sie war Witwe und lebte allein. Ich hatte den Verdacht, dass sie hier war, um aus dem Haus zu kommen und unter Leuten zu sein. Freundlich lächelte ich sie an und bat sie, nach hinten zu gehen. Ich wusste, dass sie keine neue Wolle brauchte, denn schon in der letzten Woche hatte sie eine große Menge gekauft. Joan häkelte zurzeit eine Decke für ihre Urenkelin in Irland.

Als Nächste kam Eileen Crosby herein. Der Wind wehte so stark, dass er ihr die Klinke aus der Hand riss und die Tür gegen die Wand schlug. Sie sah aus, als käme sie direkt von der Arbeit. Sie war Anwältin, Mitte sechzig mit blondem, grau werdendem Haar, das wunderschön zurechtgemacht war. Unter ihrem schweren Mantel trug sie ein rot-schwarzes Kleid und eine schwere Halskette aus Gold, dazu glänzende schwarze Pumps mit niedrigen Absätzen. Sie sah müde aus. „Anstrengender Tag?", fragte ich sie.

Ihr Mund verzog sich zu einer Grimasse. „Ich wäre bis Mitternacht dort gewesen, wenn mir Ihre Strickrunde nicht als Vorwand gedient hätte, um mich aus dem Büro zu steh-len. Außerdem ist mir die hellblaue Kaschmirwolle ausge-gangen." Eileen strickte gerade einen Pullover für ihren kleinen Enkel. Er war ihr erstes Enkelkind, und sie strahlte vor Stolz. Als ich ihr die Wolle brachte, fragte ich: „Haben Sie neue Bilder?"

Besonders gespannt auf die Antwort war ich allerdings nicht. Es gab immer neue Fotos vom entzückenden kleinen Henry. Natürlich holte sie ihr Handy heraus, und wie es sich gehörte, bewunderte ich den winzigen Henry, der sabberte, schlief und das sich drehende schwarz-weiße Mobile über seinem Bettchen beobachtete.

Ich war gerade dabei, ihren Wolleinkauf abzurechnen, als Priscilla Carstairs hereinkam. Priscilla war über achtzig und schien der Inbegriff einer flotten Rentnerin zu sein.

Während sich alle anderen gegen das Wetter eingemummelt hatten, schien sie vor Energie zu strotzen. „Was für eine erfrischende Brise. Davon bekommt man ganz rosige Wangen." Sie war so locker und entspannt wie ein Teenager und hatte eine so aufrechte Haltung, dass ich jedes Mal, wenn sie meinen Laden betrat, die Schultern durchdrückte, weil ich den Eindruck hatte, mit buckeligem Rücken dazustehen.

Sie war groß und schlank, und ihr dichtes silbernes Haar war zu einem Dutt zusammengebunden. Vom Kaschmir-Rollkragen bis zum Saum ihrer weiten Jersey-Hose war sie ganz in Schwarz gekleidet. Sie trug Ballerinas, als hätte sie so viele Jahre ihres Lebens in Ballettschuhen gelebt, dass sie es sich nicht mehr abgewöhnen konnte.

„Lucy, Liebes", sagte sie und brachte einen kalten Luftzug mit herein, „warten Sie nur, bis Sie meine neueste Kreation sehen. Oh, und ich brauche noch etwas von dem goldenen Stickgarn für die Trommel meines kleinen Trommlers."

Sie und Eileen begrüßten einander, und dann ging Eileen

mit ihrer neuen Wolle ins Hinterzimmer, während ich das goldene Stickgarn holte.

Mabel und Clara kamen gemeinsam herein. Clara rieb sich die Augen. Offensichtlich waren sie gerade erst aus ihrem Tagesschlaf erwacht.

Wenn man davon absah, dass sie etwas blass waren – was um diese Jahreszeit in England jedoch normal war –, gingen sie als zwei typische, kleine alte Damen durch. Solange sie daran dachten, nicht über Dinge zu sprechen, an die sich ein lebender Mensch unmöglich erinnern konnte, war es mir durchaus recht, sie in meiner Strickrunde zu haben.

Es war zehn nach sieben, und ich wollte gerade abschließen und selbst ins Hinterzimmer gehen, als Sarah Lawson hereinstürmte. „Es tut mir so leid, dass ich zu spät komme, Lucy. Ich hoffe, Sie haben nicht auf mich gewartet?"

„Nein, natürlich nicht. Sie kommen genau richtig."

Sarah Lawson war Ende dreißig und sah in ihrem weißen Daunenmantel aus wie ein Schneemann. Sie war überall rund, von ihrem Gesicht bis zu ihrem Bauch. Oft klang sie, als wäre sie außer Atem, und meist traf sie als Letzte zur Strickrunde ein. „Ich habe mir mein Abendessen mitgebracht – ich hoffe, Sie haben nichts dagegen."

Es gab nicht viel, was ich sagen konnte, aber ich fand, dass es dem Stricken nicht unbedingt förderlich war, wenn man dabei einen fettigen Burger aus einem Fast-Food-Laden aß.

„Brauchen Sie Wolle, Muster oder Anregungen, bevor wir reingehen?"

Sie schüttelte den Kopf und tätschelte ihre prall gefüllte Gobelin-Tasche. „Ich habe alles hier drin. Auch meinen Mampf."

„Dann gehen Sie schon mal rein, ich bin sofort da."

Ich steckte meinen Kopf zur Tür hinaus und schaute links und rechts in die Harrington Street, aber ich sah keine strickbegeistert aussehenden Leute mehr auf das Cardinal Woolsey's zueilen. Eigentlich war keine Menschenseele auf der Straße, so windig und kalt war es. Ich machte die Tür zu und schloss ab. Die Weihnachtsbeleuchtung ließ ich brennen, weil sie von der Straße aus so schön aussah und meinen Teilnehmern nachher zum Abschied etwas Weihnachtsstimmung mit auf den Weg geben würden. Sobald sie weg wären, würde ich daran denken müssen, alle Lichter auszumachen.

Nyx hatte in ihrem Wollkorb geschlummert, aber als ich abschloss, erhob sie sich anmutig, legte eine perfekte Katzenstreckung hin, stieg aus dem Korb und sprang flink auf den Boden. Ich dachte, sie würde die Tür zur Treppe nehmen, die nach oben zu meiner Wohnung führte, aber nein, sie ging schnurstracks daran vorbei und steuerte auf den Vorhang zum Hinterzimmer zu. Diesen schob sie mit der Nase zur Seite und trat ein.

Ich folgte ihr.

Die Strick- und Häkelnadeln waren bereits eifrig am Werk. Nur nicht die von Sarah. Sie packte gerade einen Hamburger aus.

Nyx schlich um den Kreis der Strickenden herum und blieb vor Joan Fawcetts geöffneter Gobelin-Tasche stehen, um ihren Kopf hineinzustecken. Als sie an Hudson vorbeiging, beugte er sich hinunter, um sie hinter den Ohren zu kraulen. Sie brachte ihre Zustimmung durch lautes Schnurren zum Ausdruck. Dann rieb sie sich an Sarahs Beinen, bevor sie auf Mabels Schoß sprang, sich ein paar Mal umdrehte, bis sie einen bequemen Platz gefunden hatte, und sich dann niederließ, um ein Nickerchen zu machen. Wie es schien, war sie ganz erschöpft vom stundenlangen Schlummern in meinem Schaufenster.

Bei unseren Treffen des Vampir-Strickclubs begannen wir immer mit der Präsentation unserer aktuellen Strickarbeiten, und so war es naheliegend, dass ich das Gleiche in meiner abendlichen Strickrunde machen würde. Es machte Spaß zu sehen, wie sich die Projekte der Teilnehmer weiterentwickelten, vor allem wenn sie auch zwischen unseren Treffen Zeit hatten, daran zu arbeiten. Alle waren aufgeregt, weil der Tag der Bescherung immer näher rückte, und das verlieh der sonst eher gemächlichen Tätigkeit einen Hauch von Spannung und Dramatik. Würde Joan die Decke für ihre Urenkelin rechtzeitig fertigbekommen? Würde der Pullover des kleinen Henry zu groß ausfallen? Oder sollte Eileen ihn nicht besser etwas größer stricken, wenn man bedachte, in welchem Tempo der Kleine wuchs? Konnte Hudson sechs Paar Hausschuhe zu Ende bringen und dabei noch seine Hausarbeiten für die Uni erledigen?

Ich wollte gerade fragen, wer anfangen wollte, da ergriff Priscilla Carstairs das Wort. Voller Abscheu beäugte sie Sarah Lawson, die gerade in ihren Fast-Food-Burger biss. Zwischen ihren Knien stand eine etwas wackelige Pappschachtel mit Pommes frites. „Wirklich, Sarah, dieses Frustessen bringt gar nichts. Dadurch kommt er ganz bestimmt nicht zurück."

Eine schreckliche Stille trat ein, und in dieser Stille hörten wir, wie Sarah mühsam einen Bissen ihres Burgers hinunterwürgte, der ihr im Hals steckengeblieben war. Es war eine dieser peinlichen Pausen, in denen niemand wusste, was er sagen sollte. Priscilla blickte in die Runde. „Also. Ist doch wahr. Sich vor der Wahrheit zu verstecken, ist sinnlos.

Sarah hat gut zehn Kilo zugenommen, seit ihr Mann sie verlassen hat."

Das Problem an Strickrunden war, dass sie manchmal mit Therapiesitzungen verwechselt wurden. Während die Nadeln klapperten, hatte Sarah von ihren Eheproblemen erzählt. Wir alle wussten, wie lieblos Gordon Lawson seiner Frau gegenüber gewesen war und dass er mehr als einmal damit gedroht hatte, seine Sachen zu packen und sie zu verlassen. Wie es sich anhörte, hatte er das jedes Mal getan, wenn sie ihm widersprach. Dann hatte sie immer klein beigegeben und ihn angefleht zu bleiben.

Eileen Crosby saß neben Priscilla und wandte sich ihr mit strengem Blick zu. „Priscilla, was Sie da machen, nennt man Fat Shaming. Am Arbeitsplatz könnten Sie eine Abmahnung erhalten, wenn Sie so mit jemandem sprechen."

Priscilla schnalzte mit der Zunge. „Genau das ist an der heutigen Welt so verkehrt. Alle haben Angst, die Wahrheit zu sagen. Sarah muss aufhören zu jammern und sich selbst zu bemitleiden. Sie sollte sich mehr bewegen und sich gesünder ernähren." Sie tätschelte ihren flachen Bauch. „Sehen Sie mich an! Ich habe nicht ein Gramm Fett an mir. Um schlank zu bleiben, braucht man Disziplin und muss ein Leben lang auf fetthaltige Lebensmittel verzichten, aber man kann es schaffen. Ich will ja nur das Beste für das Mädchen."

„Das ist das Erste, was ich heute esse", verteidigte sich Sarah, nachdem sie ihren Bissen heruntergeschluckt hatte. „Und außerdem hat er mich nicht verlassen. Wir machen gerade eine Eheberatung. Ich bin dabei, ihm einen Weihnachtspulli zu stricken. Mit Elfen, die eine Schneeballschlacht machen."

Ja, das würde ihre Beziehungsprobleme bestimmt lösen.

„Der wird sicher schön", sagte Joan. Joan saß auf der anderen Seite von Priscilla. Sie und Eileen wirkten wie ein Rahmen der Gutmütigkeit, der sie gegen Priscillas gedankenlose Grausamkeit abzuschirmen versuchte.

Ich beschloss, die Versammlung wieder auf den richtigen Kurs zu bringen. „Während Sarah aufisst, können wir anderen doch unsere Arbeiten präsentieren. Wer will anfangen?"

Da sich niemand meldete, wandte ich mich an den Mann, der neben Sarah saß und rosa Maschen auf seine Nadel aufnahm. „Hudson. Wie läuft es mit den Hausschuhen für Ihren Vater?"

„Ach. Sehr gut. Der Gute hat ziemlich große Füße, und er legt sie abends gerne hoch und sieht fern. Seine Hausschuhe habe ich heute Abend nicht dabei, aber das hier ist die Wolle für die, die ich meiner Oma schenke. Es dürfte nicht allzu lange dauern, sie zu stricken, weil ihre Füße so winzig sind." Er schaute sich um. „Ich hoffe nur, dass ich sie alle rechtzeitig fertigbekomme. Ich muss auch noch die für Tante Lizzie machen. Für sie habe ich an etwas Rotes gedacht, weil sie so schnell wütend wird." Er schnitt eine Grimasse, und wir lachten alle.

Als Nächstes waren Clara und Mabel an der Reihe. Clara strickte gerade einen hellgrauen Spitzenschal, von dem ich zufällig wusste, dass er für ihre untote Freundin Sylvia bestimmt war. Auch Mabel war eine ausgezeichnete Strickerin, aber sie hatte nicht unbedingt den besten Geschmack. Jetzt arbeitete sie gerade an einem Pullover, auf dem ein Schneemann mit einer Karottennase aus Filz und klumpigen schwarzen Kohleaugen zu sehen war. Sie sagte, er sei für einen Freund, und ich vermutete, dass er für Theodore bestimmt war, der so gutherzig war, dass er ihn wahrscheinlich tatsächlich tragen würde.

Neben Mabel saß Eileen. Sie hielt den Pullover des kleinen Henry hoch, der bisher nur aus dem Rückenteil und einem halben Ärmel bestand. „Ich muss wohl bis spät in die Nacht arbeiten, um den noch rechtzeitig fertig zu bekommen." Dann holte sie ihr Telefon heraus. „Heute Morgen habe ich ein paar neue Bilder von dem Baby bekommen. Ich reiche sie mal herum."

„Sie werden bestimmt noch rechtzeitig fertig", sagte Sarah. „Keine Sorge!"

Priscilla reichte das Telefon weiter, ohne den kleinen Henry lange angesehen zu haben. „Er wird wohl kaum enttäuscht sein, wenn er seinen Pullover nicht rechtzeitig bekommt. Er weiß ja gar nicht, was Weihnachten ist. Sein Gehirn ist so groß wie eine Kaulquappe."

KAPITEL 3

*A*ls Priscilla an der Reihe war, sagte sie: „Ich hatte diese Woche viel zu tun. Ich habe vier von meinen kleinen Christbaumanhängern fertiggestellt." Und dann holte sie einen nach dem anderen heraus. Auch wenn Priscilla irgendwie eine Angeberin war, konnte niemand abstreiten, dass ihr Baumschmuck wirklich schön war. Ihre Rentiere waren echte Kunstwerke. Ich wäre nie auf die Idee gekommen, dass man so kleine Geweihe stricken konnte, wenn ich es nicht mit eigenen Augen gesehen hätte. Dann war da noch ein dicker Weihnachtsmann mit schwarzen Wollstiefeln und einem Sack voller Geschenke auf dem Rücken, den kleinen Trommlerjungen, einen gehäkelten Engel, und heute Abend häkelte sie an einer Schneeflocke.

„Für wen sind die?", fragte Hudson, während wir sie alle für ihre Arbeit lobten.

Diese Frage schien sie zu verblüffen. „Für mich natürlich."

Unter allen Anwesenden war sie die Einzige, die für sich selbst strickte.

Eileen Crosby ließ ihre Nadeln sinken und rieb sich die Fingerknöchel. „Oh, diese Arthritis. Ich habe mir fest vorgenommen, mit dem Stricken weiterzumachen, aber bei diesem kalten Wetter machen mir meine Gelenke zu schaffen." Sie wandte sich an Joan Fawcett, die den Griff ihres Gehstocks über die Lehne ihres Stuhls gehängt hatte. „Sie sind auch eine Leidensgenossin, nehme ich an?"

Joan Fawcett schüttelte den Kopf. „Nein. Bei mir ist es eine Verletzung von früher. Ich hatte einen schrecklichen Sturz, als ich siebzehn Jahre alt war. Ich bin nie wieder ganz genesen."

„Oh, wie schrecklich", sagte Mabel. „War es im Krieg?"

Mabel war während des Zweiten Weltkriegs verwandelt worden. Ich hatte sie davor gewarnt, über Dinge zu sprechen, an die sie sich angesichts ihres Alters gar nicht erinnern dürfte. Ich starrte sie zornig an, aber sie schaute voller Interesse zu Joan Fawcett, und ich hätte schwören können, dass sie drauf und dran war, sich in Geschichten über die 1940er Jahre zu stürzen. Ich suchte Claras Blick und sah, wie sie ihrer Freundin einen leichten Tritt gegen den Knöchel versetzte.

Mabel sprang auf, schaute erst zu Clara und dann zu mir, als ihr klar wurde, was sie getan hatte. Sie sah schuldbewusst aus. Wäre sie keine Vampirin gewesen, wäre sie sicherlich rot geworden.

Auch Joan Fawcett schaute Mabel wütend an. „Im Krieg? In welchem Krieg? Ich bin zweiundachtzig Jahre alt, nicht hundertzwei."

„Nein, natürlich nicht. Ich weiß auch nicht, was ich mir dabei gedacht habe."

„Und woran arbeiten Sie heute Abend, Lucy?", fragte Eileen. Ich war ihr dankbar, dass sie die Aufmerksamkeit von

Mabels Patzer ablenkte. Ich strickte gerade an einem leuchtend roten Schal. Eigentlich hatte ich mit einer ganzen Reihe von Projekten begonnen, sie aber aus dem einen oder anderen Grund nicht zu Ende gebracht – meistens, weil ich alles verpfuscht hatte. Normalerweise war es einfacher, das Projekt aufzugeben, als zu versuchen mein Strickwerk in Ordnung zu bringen. Aber in diesen Schal hatte ich große Hoffnungen gesetzt. Er wurde nur aus einer Sorte Wolle gestrickt, und wenn ich mich gut konzentrierte, könnte ich das Muster vielleicht hinbekommen. Ich hielt mein Werk hoch. „Ich stricke gerade einen Schal im Katzenpfotenmuster. Es ist ein Lochmuster, man nennt es auch Ajour." Angeblich war es leicht zu stricken. Es zog sich über acht Reihen und wurde immer wiederholt, bis es am Ende ein wunderschönes Tuch ergab, das ein wenig wie Spitze aussah. Die Vampire strickten mir immer bezaubernde Sachen, und wenigstens dieses eine Mal wollte ich einmal etwas für meine Großmutter stricken. Seit sie zu den Untoten gehörte, kleidete Granny sich sehr viel eleganter, und ich dachte, sie würde sich über etwas Selbstgestricktes von mir freuen. Er würde nicht so makellos sein wie das, was sie und ihre Freundinnen hervorbrachten, aber ich wusste, sie würde den Schal allein deshalb zu schätzen wissen, weil ich ihn für sie gemacht hatte.

Dann begannen wir alle eifrig zu stricken. Sogar Sarah hatte ihren Burger und die Pommes aufgegessen und holte den Pullover heraus, den sie gerade für ihren Mann machte. Priscilla Carstairs sagte: „Ich habe angefangen, in Miniatur zu stricken, als ich noch auf der Bühne stand. Nachdem ich angezogen und geschminkt war, blieb mir oft noch eine Stunde Zeit, bis ich aufgerufen wurde. Eine kleine Tasche konnte ich mit in den Aufenthaltsbereich nehmen. Eine größere Stricktasche wäre einfach zu unhandlich gewesen."

„Wie aufregend", sagte Clara. „Waren Sie Schauspielerin?"

Wir alle sahen Priscilla an und versuchten wahrscheinlich zu erkennen, ob sie jemandem ähnlich sah, den wir auf der Bühne oder der Leinwand gesehen hatten. Priscilla lächelte etwas herablassend. „Nein, meine Liebe. Ich war Primaballerina." Diese Worte sagte sie langsam und mit Stolz, als wollte sie sicherstellen, dass auch die Gehörlosen unter uns über ihre Fähigkeiten informiert wurden.

Sarah seufzte. „Ich wollte auch immer Balletttänzerin werden."

Priscilla lachte leise. „Jedes kleine Mädchen möchte Balletttänzerin werden. Aber die meisten haben weder die Disziplin noch das Talent." Sie schaute Sarah an, als würde ihr Blick allein deutlich machen, dass die arme Sarah weder das eine noch das andere besaß. „Ich erinnere mich, dass mich eine meiner ersten Lehrerinnen in Miss Adelaides Tanzschule immer vor der ganzen Gruppe mein *en dehors* vorführen ließ. Um Tänzerin zu werden, braucht ein Mädchen natürlich guten Unterricht und den richtigen Körperbau. Doch was die Primaballerina von dem Mädchen in der letzten Reihe des *Corps de Ballet* unterscheidet, ist harte Arbeit. Disziplin. Ständige Übung."

Sie schüttelte den Kopf. „Viele Mädchen wünschen sich, Ballerina zu werden, aber nur sehr wenige können ihren Traum auf der Bühne verwirklichen."

Eileen hielt inne, die hellblaue Kaschmirwolle um ihren Finger gewickelt, und sah sie an. „Ich kann mir vorstellen, dass auch eine gewisse Rücksichtslosigkeit nötig ist, um an die Spitze zu gelangen."

„Oh ja, in der Tat." Priscilla gab ein irgendwie böse klingendes Kichern von sich. „Oh mein Gott, ja. Auch wenn es aussieht wie eine Welt, die nur aus Tutus und Blumensträußen besteht, überleben dort nur die Hartherzigen. Nette Mädchen bringen es nicht weit."

Wir strickten weiter. Eileen erzählte vom kleinen Henry, der mit den Armen herumfuchtelte, wenn er seine Mutter sah. Sarah erzählte, wie gut sie in ihrer Paartherapie vorankamen und dass ihr Mann versprochen hatte, beim Abwasch zu helfen – wenn nicht gerade eine seiner Lieblingssendungen im Fernsehen lief. Da er süchtig nach allen möglichen Serien zu sein schien, egal, ob es nun *EastEnders*, *Peaky Blinders* oder *The Great British Bake Off* war, hatte ich keine großen Hoffnungen, dass er viel Geschirr abspülen würde, aber Sarah wirkte zuversichtlich, und so versuchte auch ich, zuversichtlich zu sein.

Ich zählte die Maschen genau ab, denn diesen Schal wollte ich nicht vermasseln. Ich wollte ihn für meine geliebte Großmutter so perfekt wie möglich hinbekommen. Dadurch, dass ich mich so angestrengt konzentrierte und die Nadeln wahrscheinlich im falschen Winkel hielt, war mein Rücken so verspannt, dass ich einen Schmerz zwischen den Schulterblättern spürte. Da ich mein Unbehagen nicht vor Menschen zeigen wollte, die ihr Strickmaterial bei mir kauften, schaute ich verstohlen auf meine Uhr. Gut. Gleich war es Zeit für den Tee, sodass ich meine Arbeit niederlegen konnte, ohne den Verdacht zu erwecken, dass es gar nicht mein Lieblingshobby war, von dem ich mich da losreißen musste.

Ich stand leise auf und schloss den Wasserkocher an.

Teetassen und Untertassen hatte ich schon bereitgestellt, zusammen mit einer Dose Kekse, einem Kännchen Milch und einer Dose Zucker, daneben lag ein Haufen silberner Teelöffel. Auch Weihnachtsservietten hatte ich gekauft. Ich hatte es kaum fassen können, als ich Servietten entdeckt hatte, auf denen Weihnachtspullis abgebildet waren.

Ich hantierte mit den Tassen herum, legte einen Teelöffel auf jede Untertasse, bis das Wasser kochte, dann bereitete ich in der großen Brown-Betty-Kanne den Tee zu. Er musste ein paar Minuten ziehen, also setzte ich mich wieder hin und nahm mein Strickzeug in die Hand. Wenigstens hatte sich die Verkrampfung zwischen meinen Schulterblättern gelöst.

Ich hatte die Wolle um den Finger gewickelt und war gerade dabei, sie mit der Stricknadel aufzunehmen, um eine Masche zu stricken, als das Licht ausging. Ohne Vorwarnung, nicht einmal ein Flackern. Gerade hatte ich noch sehen können, nun umgab uns auf einmal völlige Dunkelheit.

KAPITEL 4

*J*emand keuchte auf. Es war so stockfinster, dass ich nicht einmal mein Strickzeug vor mir sehen konnte. Genauer gesagt konnte ich überhaupt nichts sehen. „Was ist los?", kreischte Sarah – zumindest vermutete ich, dass sie es war.

„Keine Sorge", sagte ich optimistischer als ich mich fühlte. „Der Strom ist ausgefallen. Das ist auch heute Nachmittag passiert. Gleich ist er sicher wieder da." Ich hatte keine Ahnung, warum ich das sagte. Es war ja nicht so, dass ich einen geheimen Draht zu irgendeiner Stromversorgungsbehörde hatte, die in Oxford für die Beleuchtung zuständig war. Doch da wir in meinem Laden waren, fühlte ich mich verpflichtet, diesbezüglich zuversichtlich zu klingen. „Aber in der Zwischenzeit schaue ich mal nach einer Taschenlampe und ein paar Kerzen, die ich irgendwo haben muss."

Bei den Kerzen handelte es sich um meine Hexenkerzen. Ich hatte geübt, die Dochte ohne Streichhölzer anzuzünden. Doch vermutlich würde es die hier im Dunkeln herumsitzenden Strickenden, die ohnehin schon nervös waren, kaum beruhigen, wenn die Kerzen wie von Zauberhand aufflammten, sobald ich einen Zauberspruch aufsagte. Erst erklangen schlurfende Schritte, dann hustete jemand. Ich hörte jemanden herumwühlen – zweifellos suchten die Frauen nach ihren Handtaschen, um die Taschenlampen auf ihren Smartphones anzumachen.

Plötzlich gab es einen gewaltigen Krach und Porzellan ging klirrend zu Bruch. Dann schrie jemand. Eine ältere Frau. Joan? Priscilla? schrie: „Ich verbrenne. Aaahh! Ich verbrenne." Ein Schrei führte natürlich zum nächsten, als wäre unter den Strickerinnen ein Schreivirus ausgebrochen.

„Da ist etwas an meinen Füßen. Es ist nass. Ich glaube, es ist Blut." Das war Sarah.

„Es ist kein Blut", sagte Hudson mit beruhigender Stimme. „Wahrscheinlich ist es Tee. Sie haben doch gehört, dass Geschirr kaputtgegangen ist."

Mir war selbst zum Schreien zumute. Es war, als wäre ich mitten in einem Horrorfilm gelandet. Ich fühlte mich in die Ängste meiner Kindheit zurückversetzt, als ich noch dachte, unter meinem Bett würden sich Monster verstecken, die darauf warteten, über mich herzufallen, sobald das Licht ausging. Allerdings war das Licht tatsächlich aus, und ich hatte das Gefühl, dass irgendetwas Schlimmes vor sich ging.

Ich hörte seltsame Geräusche. Das Atmen von sechs in Panik geratenen Menschen war laut, und derjenigen, die sich verbrannt hatte, ging es definitiv schlecht, sie weinte und stöhnte.

Natürlich hatte ich mein Telefon oben gelassen. Ich würde meine Taschenlampe und ein paar Streichhölzer suchen müssen, um die Kerzen anzuzünden. Ich stand auf und bewegte mich tastend auf die Wand zu. Ich stieß mit jemandem zusammen und musste mir auf die Zunge beißen, um nicht zu schreien und in die Richtung zu rennen, wo ich die Tür vermutete.

Die Person, mit der ich zusammenstieß, gab einen erschrockenen Schrei von sich und fragte dann: „Sind alle wohlauf?" Es war die Stimme von Eileen.

„Nein, ich habe mich verbrannt. Ich glaube, ich habe mich mit Tee beschüttet", sagte Joan. Nun, da sie nicht mehr schrie, erkannte ich ihre Stimme.

Oh nein. Das war gar nicht gut. Ich fuchtelte so lange in der Dunkelheit herum, bis ich den Vorhang spürte. Ich war gerade dabei, den Stoff beiseitezuziehen, um in den vorderen Geschäftsraum zu gehen, wo ich die Kerzen aufbewahrte, als plötzlich das Licht wieder anging.

Das nahm einem fast noch einmal genauso die Orientierung wie vorher, als wir in die Dunkelheit gestürzt waren.

Ich drehte mich um und sah, dass alle auf ihren Plätzen saßen. Auch Eileen setzte sich gerade wieder hin. Der Tisch stand noch, aber die meisten Tassen und Untertassen waren umgestoßen worden, ebenso die Teekanne und der Wasserkocher sowie die Dose mit meinen selbstgebackenen Keksen.

„Das hat mich in meine Kindheit zurückversetzt", sagte Clara und nahm ihr Strickzeug wieder in die Hand. „Das war natürlich, bevor es Strom gab."

Na herrlich. Jetzt tat Clara genau das, wovor ich sie gewarnt hatte: Sie schwelgte in Erinnerungen an eine weit zurückliegende Zeit. Zum Glück war Mabel geistesgegenwärtiger als ich. Sie lachte fröhlich. „So alt bist du ja nun auch wieder nicht. Ich nehme an, als Nächstes erzählst du uns, wie du im Sand gespielt hast, als auf der Erde noch die Dinosaurier herrschten."

Ich stieß einen Seufzer der Erleichterung aus. Dann nickte ich Mabel dankbar zu. Clara schaute etwas beschämt und widmete sich wieder ihrem Pullover.

Ich begutachtete den Schaden. Ungefähr die Hälfte der Teetassen war zerbrochen, aber von denen hatte ich oben noch mehr. Außerdem hatte ich noch eine Teekanne, und auch Milch und Zucker. Sogar Kekse waren noch übrig. „Ich mache das alles rasch sauber", sagte ich. „Wollen Sie alle noch Tee? Ich mache sofort neuen, es geht ganz schnell."

„Ich kann beim Saubermachen helfen", sagte Hudson und erhob sich.

„Ich hätte gern einen Tee und einen Keks", sagte Sarah und legte sich eine Hand auf die Brust. „Ich glaube, das kann ich bei dem Schock gebrauchen."

„Ja, Tee wäre schön", stimmte Eileen zu.

Joan streckte ihren Arm aus, und ich konnte sehen, dass ihr Pullover tropfte. „Ich habe mich schon mit einer Tasse besudelt. Die nächste werde ich aber trinken, vielen Dank."

„Es tut mir so leid", sagte ich instinktiv. „Tut es sehr weh?"

„Vorhin hat es höllisch geschmerzt, aber jetzt ist es nicht mehr so schlimm."

„Aber wie ist der Tee eigentlich umgekippt?", fragte Clara. „Ich bin nicht aufgestanden. Jemand von Ihnen?"

Wir schauten uns alle an. Niemand sagte etwas.

Ich schaute mich um und fragte mich, warum niemand zugeben wollte, dass er gegen den Teetisch gestoßen war. Es war ja nicht so, dass der- oder diejenige deshalb Schwierigkeiten bekommen hätte. Mein Blick fiel auf Priscilla. Ihr Kopf war nach vorne gebeugt, und ihre Hände lagen genauso wie ihre fertigen Figuren und die halbfertige Schneeflocke in ihrem Schoß, aber sie häkelte nicht.

Als ich sie ansah, beschlich mich ein äußerst seltsames Gefühl. Ich war mir nicht sicher, ob es mein Hexeninstinkt oder meine normalen menschlichen Sinne waren, aber es war ein schlimmes Gefühl – als ob sich etwas Kaltes und Schleimiges in meiner Brust festgesetzt hätte. Ich machte einen Schritt auf sie zu. „Mrs Carstairs?" Nichts. „Priscilla?"

Auch als ich ihren Namen ein zweites Mal rief, reagierte sie darauf genauso wenig wie beim ersten Mal.

Ich schaute mich in der Strickrunde um und stellte fest, dass alle Priscilla Carstairs anstarrten.

Ich ging näher an sie heran. Ich wollte sie nicht anfassen, falls sie eingeschlafen war. Vielleicht gehörte sie zu den Menschen, die einschliefen, sobald das Licht ausging. Um sie nicht zu erschrecken, ging ich vor ihren Füßen in die Hocke, sodass ich von unten in ihr Gesicht aufschauen konnte. Eigentlich hatte ich vorgehabt, noch einmal ihren Namen zu rufen, aber die Worte blieben mir im Hals stecken.

Ein sehr seltsames Geräusch drang aus meinem Mund, es war eine Kombination aus einer Art Schluckauf, einem Keuchen und einem Schrei. Ihre Augen waren geöffnet und schienen mich direkt anzuschauen, aber ihr Blick war glasig.

Auch ihr Mund stand offen, und auf ihrer Unterlippe konnte ich gerade noch ein Paar schwarze Nikolausstiefel aus Filz erkennen. Es sah aus, als hätte der Weihnachtsmann ihre Kehle mit einem Schornstein verwechselt und sich kopfüber hineingestürzt, um die Geschenke zu bringen. Ich rief wieder, dieses Mal lauter: „Priscilla?"

Nichts.

Ich blickte mich im Raum um, wo mich nun alle mit demselben Entsetzen anstarrten, das auch ich empfand. Ich wusste nicht, was ich tun sollte.

„Was ist passiert?", fragte Joan. „Ist sie eingeschlafen? Hatte sie irgendeinen Anfall?" Sie beugte sich vor. „Vielleicht einen Schlaganfall? Fordern Sie sie mal auf, ihre Arme über den Kopf zu heben. Das ist eine gute Methode, um festzustellen, ob jemand einen Schlaganfall erlitten hat. Außerdem müssen wir sie zum Sprechen bringen und sehen, ob sie undeutlich spricht." Sie hielt inne. „Es gibt noch andere Anzeichen, aber ich kann mich nicht mehr daran erinnern."

Hudson, der wahrscheinlich einen IQ von etwa einer Million hatte, sagte: „Das stimmt. Das ist der sogenannte FAST-Test. F für Face. Ist ihr Gesicht einseitig verzogen? A steht für Arms. Kann die Person beide Arme über ihren Kopf heben? S steht für Speech. Spricht die Person undeutlich? Und T steht für Time. Das heißt, wenn diese Symptome erkennbar sind, ist es Zeit, unmittelbar einen Krankenwagen zu rufen."

Ich schüttelte den Kopf. „Ich glaube nicht, dass es sich um einen Schlaganfall handelt." Ich schaute mich um und sah alle aus der Hocke an. „Sie hat einen Weihnachtsmann im Hals stecken."

„Was?" Hudson legte sein Strickzeug beiseite und kam näher, als ob es ihm schwerfiele, mir zu glauben. Und wer hätte es ihm verdenken können? Er verbog seinen hochgewachsenen Körper wie einen Kleiderbügel, als er sich nach vorn beugte, um einen Blick zu erhaschen. Eileen kam näher und hockte sich neben mich. Der verschüttete Tee hatte um die Stuhlbeine herum eine Pfütze gebildet, in deren Mitte ein zerbrochenes Stück Porzellan gelandet war, das nun wie ein kleines Boot darin herumschwamm.

„Sie erstickt ja", sagte Eileen. „Wir müssen ihr helfen. Ziehen Sie ihn heraus!"

Niemand schien darauf erpicht zu sein, seine Hände in Priscilla Carstairs' Mund zu stecken. Einschließlich mir. Aber es war mein Laden und meine Strickrunde, also war das anscheinend mein Problem.

Ehrlich gesagt hätte ich lieber eine lebendige Vogelspinne aufgelesen, mit einer Kobra Tango getanzt, eine Kröte geküsst ...

Ich streckte die Hand aus. Vorsichtig zog ich am Stiefel des Weihnachtsmanns, aber nichts geschah. Die fröhliche rote Figur steckte fest. Ich glaubte nicht, dass Priscilla dabei war zu ersticken. Ich ahnte, dass der Vorgang bereits abgeschlossen war, aber ich konnte die Frau ja nicht einfach da sitzenlassen, ohne einen Rettungsversuch zu unternehmen. Mir fiel der Erste-Hilfe-Kurs ein, den ich an der Uni belegt hatte. „Das Heimlich-Manöver."

Ich konnte mich zwar kaum noch daran erinnern, wie das ging, dachte aber, dass ich es versuchen sollte. Hudson sah viel stärker aus, und seine Größe wäre von Vorteil gewesen. Vielleicht könnte es ihm gelingen. Dann sah ich, wie Clara und Mabel Blicke wechselten. Clara sagte: „Ich glaube, es ist ein bisschen spät für das Heimlich-Manöver, Liebes." Sie schüttelte den Kopf. „Kein Herzschlag. Ihr Blut fließt nicht mehr."

Vampire haben bei Menschen einen unglaublichen Geruchssinn. Einige von ihnen sind wie Sommeliers, wenn es um guten Wein geht – aus der Nähe können sie die Blutgruppe eines jeden Menschen am Geruch erkennen, und so war ich nicht überrascht zu erfahren, dass sie auch spüren konnten, ob das Blut noch floss und auf Leben hindeutete oder ob es zum Stillstand gekommen war.

Wie bei einem Toten.

KAPITEL 5

*T*rotzdem wollte ich sicher gehen. „Willst du damit sagen, sie ist ...?"

Clara nickte. „Tot." Als alle sie nun anschauten und sich offensichtlich fragten, wie sie das von der anderen Seite des Raumes aus erkennen konnte, erklärte sie: „Ich war früher Krankenschwester." *Bitte sag nicht im Ersten Weltkrieg!* „Im ..." Dann, als sie mein Gesicht sah, fügte sie hinzu: „Im Krankenhaus. Der Ausdruck eines Toten ist unverwechselbar." Dann sagte sie mit tieftrauriger Stimme: „Es tut mir so leid." Als ob wir trauernde Angehörige wären.

„Aber das ist unmöglich", sagte Sarah. „Vor wenigen Minuten hat sie noch eine wunderschöne weiße Schneeflocke gehäkelt. Wer stirbt schon beim Häkeln einer Schneeflocke?"

Dem musste ich zustimmen. Es erschien unlogisch.

Obwohl ich Clara glaubte, griff ich dennoch nach Priscillas Handgelenk und tastete nach ihrem Puls. Wie ich befürchtet hatte, gab es keinen. Dass ihre Haut noch warm war, fühlte sich unheimlich an. Ein Schauer überlief mich, als mir klar wurde, dass sie sich den Weihnachtsmann nicht selbst in die Kehle gesteckt hatte. Sie war direkt vor meinen Augen ermordet worden. Vor unser aller Augen.

Nyx stand auf dem Boden und betrachtete die Tote. Eileen sagte: „Ich wette, es war diese Katze. Wahrscheinlich hat sie den Schmuck für Katzenspielzeug gehalten."

Nyx sah mich an und ihre goldenen Augen funkelten. Ich wusste, wie sie sich fühlte. Man glaubte immer, Hexen wären die einzigen Opfer der Hexenprozesse gewesen, dabei waren auch ihre Vertrauten verfolgt worden. Mir gefiel es nicht, wie sich dieses Gespräch entwickelte. „Nyx würde niemals jemandem etwas zuleide tun", sagte ich. „Und außerdem: Wollen Sie vielleicht andeuten, dass meine Katze dieser Frau ein gestricktes Spielzeug in den Hals gepresst hat?" Okay, meine Katze war zwar außergewöhnlich, aber so außergewöhnlich nun auch wieder nicht.

„Nun, Priscilla Carstairs hat ihren ausgestopften Weihnachtsmann doch wohl nicht mit Plumpudding verwechselt, oder?", sagte Eileen.

Sarahs Stirn legte sich in Falten. „Wenn sie an einer gestrickten Zuckerstange erstickt wäre, hätte das mehr Sinn ergeben."

Ich stellte mich wieder hin. „Ich rufe besser die Polizei."

„Die Polizei?" Eileen klang alarmiert. „Sie sollten eher einen Krankenwagen rufen. Einen Arzt. Vor zehn Minuten ging es ihr doch noch gut."

„Die Polizei schickt sicher einen Krankenwagen. Aber es ist zu spät, um sie wiederzubeleben. Ich fürchte, Clara hat recht. Priscilla Carstairs ist tot."

„Aber es war ein Unfall. So muss es gewesen sein." Sie schaute reihum alle im Zimmer an. „Wir waren doch alle hier. Niemand hätte sich einfach anschleichen und Priscilla töten können. Das Licht war nur ein paar Minuten lang aus. Wir hätten es doch gehört, wenn die Eingangstür aufgegangen und ein Fremder hereingekommen wäre. Es gibt nur einen Weg in dieses Zimmer, und zwar durch den Vorhang, und wir hätten gemerkt, wenn jemand hereingekommen wäre."

Ich wagte es nicht, Clara und Mabel anzuschauen. Es gab noch einen anderen Weg ins Zimmer. Und wenn ein Vampir zu uns hätte kommen wollen, hätte keiner von uns Menschen ihn – oder sie – hören können.

Aber ich glaubte nicht, dass ein Vampir dahintersteckte. Warum auch?

Und als ich einem nach dem anderen ins Gesicht blickte, wurde mir klar, dass einer der Menschen, die ich ansah, ein Mörder war.

Es klopfte an der Eingangstür des Ladens. Erschrocken schauten wir uns alle an. „Das muss die Polizei sein", sagte Hudson.

Clara blickte von ihrem Strickzeug auf, und ihre Nasenflügel bebten, aber sie sagte nichts. Sie und Mabel hatten sich wieder ihrem Strickzeug zugewandt. Im Gegensatz zu allen anderen in diesem Raum war ihnen der Tod nicht fremd.

„Das ist unmöglich", sagte Eileen. „Lucy hat sie doch noch gar nicht angerufen."

Da hatte sie recht. Das Klopfen an meiner Tür stammte entweder von einem Spätankömmling der Strickrunde oder von einem Besucher zur unrechten Zeit. Es gab noch eine dritte Möglichkeit. So zufrieden wie Clara und Mabel aussahen, hatte ich eine Ahnung, wer vor der Tür stand.

„Ich sehe nach, wer es ist, und rufe die Polizei", sagte ich.

Als ich an der Eingangstür ankam, war ich kein bisschen überrascht, Rafe Crosyer vor mir stehen zu sehen. Er war groß, dunkelhaarig und blass. Er sah aus wie eine Mischung berühmter Romanhelden: Mr Rochester, Mr Darcy und Lord Byron mit einer gehörigen Portion Heathcliff. Wenn er kein Vampir wäre, wäre Rafe wahrscheinlich die Liebe meines Lebens. Wenn er kein Vampir wäre, wären wir uns natürlich nie begegnet. Als er noch lebte, hatte Elisabeth den Thron inne. Die Erste.

Er hatte es nicht nötig, sich von mir die Tür öffnen zu lassen, ob sie nun verschlossen war oder nicht. Die gesellschaftlichen Gepflogenheiten befolgte er, da er wusste, dass ich heute Abend eine Strickrunde veranstaltete. Als ich die Tür geöffnet hatte, trat er ein und schaute mir aufmerksam ins Gesicht. „Was ist los? Ich war unten und habe deine Großmutter besucht. Da habe ich merkwürdige Geräusche gehört, und dann habe ich den Tod gerochen, da bin ich mir sicher." Er berührte meine Wange. „Du siehst blass aus."

Am liebsten hätte ich gekontert: „Das musst du gerade sagen", aber ich wusste, dass es lieb gemeint war.

„Bei der Strickrunde heute Abend hat es eine Tote gegeben." Ich schluckte und sprach die unangenehme Wahrheit aus. „Ich glaube, es war Mord."

In dem halben Jahrtausend seines Lebens hatte Rafe so ziemlich alles gesehen, gehört und wahrscheinlich auch getan, aber selbst er sah verwirrt aus. „Mord? Was, du meinst während der Strickrunde?"

„Es ist lächerlich, ich weiß." Ich versuchte, leise zu sprechen, aber mein Flüstern klang wohl eher immer hysterischer. „Wir hatten einen Stromausfall. Gerade haben wir noch alle friedlich gestrickt, und auf einmal – nun ja, komm es dir selbst anschauen!"

Er hielt mich auf, indem er mir eine Hand auf die Schulter legte. „Du meinst, ihr habt den Täter nicht gesehen?"

„Genau. Wie gesagt ist das Licht ausgegangen. Als es wieder anging, war Priscilla Carstairs tot."

„Priscilla Carstairs. War sie schon sehr alt?"

„Ziemlich alt, nehme ich an. Sie war über achtzig, glaube ich."

„Bist du sicher, dass es kein natürlicher Tod war?"

„Ziemlich sicher."

Der Sarkasmus in meinem Ton ließ ihn die dunklen Brauen hochziehen. „Ich sehe mir das besser mal an."

Während ich im Verkaufsbereich war, wählte ich die Nummer der Kripo Oxford. Es war nicht das erste Mal, dass ich wegen eines Mordes dort anrief, also wusste ich, wie so etwas ablief. Sie stellten die üblichen Fragen und sagten, sie würden sofort Beamte auf den Weg schicken. Und natürlich durfte niemand weggehen oder etwas anfassen.

Ich betrat das Hinterzimmer zuerst, Rafe folgte mir. Als Experte für antiquarische Bücher und Manuskripte war er häufig als Berater für die Bodleian Library tätig und hielt manchmal Vorlesungen am Cardinal College. Ich vermutete, dass er von einem Kundentermin kam, denn er trug eine dunkle Hose, einen schwarzen Kaschmirpullover und ein Hahnentritt-Sakko. Er sah aus wie ein äußerst attraktiver Hochschulprofessor, nur besser gekleidet als die meisten von ihnen.

Er hatte etwas Autoritäres an sich, und als er hereinkam, hörten alle auf zu reden und sahen ihn an. Ich war mir nicht sicher, wer ihn schon kannte, also sagte ich: „Das ist Rafe Crosyer, ein guter Freund von mir."

Eileen nickte ihm zu. „Guten Abend, Rafe. Sie erinnern sich vielleicht nicht mehr an mich, aber vor ein paar Jahren haben Sie die Büchersammlung meines Vaters begutachtet."

Er lächelte sie an. „Natürlich erinnere ich mich. Er hatte einige auserlesene Bände mit elisabethanischer Poesie. Aber ich glaube, das Juwel der Sammlung war die erste Ausgabe von Dr. Johnsons *Rasselas*."

Sie sah entzückt aus. „Sie erinnern sich doch noch!"

Joan Fawcett sagte spitz: „Wir sind nicht wegen Poesie hier. Ich weiß nicht, was er hier zu suchen hat, Lucy. Hier wurde jemand getötet, und dieser Mann hat gerade den Tatort kontaminiert."

Ich verstand ihre Verärgerung. Sie war damit beschäftigt, die Stellen an ihrem Pullover und Rock abzutupfen, wo sie den verschütteten heißen Tee abbekommen hatte. „Ich muss nach Hause und mich um die Verbrennung kümmern. Meine Kleider sind nass und kleben mir auf der Haut."

Sie tat mir wirklich leid, aber ich erinnerte sie daran, dass niemand gehen durfte, bevor die Polizei eintraf.

Hudson blickte mich an und sah plötzlich panisch aus. „Wie lange wird das wohl dauern? Ich muss heute Abend noch eine Hausarbeit zu Ende schreiben."

Ich strecke meine Hände aus. „Tut mir leid. Ich habe keine Ahnung. Ich habe die Polizei gerufen, und sie ist auf dem Weg."

Rafe hatte sich unterdessen der Toten genähert. Genauso wie ich zuvor ging er vor ihr in die Hocke und sah zu ihr auf. „Was für eine merkwürdige Art, jemanden zu töten", sagte er leise, fast zu sich selbst.

Ich starrte ihn an und verkniff mir ein Kichern.

Doch ich verstand, was er meinte. „Vielleicht war es das, was am leichtesten greifbar war? Und er hatte die richtige Form. Der Weihnachtsmann mit seinem großen, runden Bauch ..." Ich sprach den Satz nicht zu Ende, aber es war ziemlich klar, worauf ich hinauswollte. Der Weihnachtsmann hatte dafür gesorgt, dass die arme Priscilla Carstairs erstickt war.

Er nickte und sein Blick wanderte zu den Figuren, die noch immer auf Priscilla Carstairs' Schoß lagen. „Ich frage mich, warum die Wahl ausgerechnet auf den Weihnachtsmann gefallen ist."

KAPITEL 6

„Aber es war stockdunkel", erinnerte ich Rafe. „Die Person hat nach einer Weihnachtsfigur gegriffen. Sie konnte nicht unbedingt wissen, welche sie zu fassen bekommt."

Er erhob sich und drehte sich langsam im Kreis herum, wobei er alle Anwesenden nacheinander anschaute. Ich hatte den Eindruck, dass alle die Luft anhielten, als sein kalter Blick auf sie fiel. Wenn ich jemanden umgebracht hätte, hätte ich ganz bestimmt alles verraten, wenn er mich mit diesem kühlen, gebieterischen Blick angesehen hätte. Er hätte mir schneller ein Geständnis entlocken können, als man mit einer Häkelnadel in eine Masche stach.

Doch niemand sonst im Raum ließ sich so leicht aus dem Gleichgewicht bringen wie ich, wie es schien. Bis auf Sarah, die ihn fragte, ob sie Essen auf ihrer Bluse habe, hielten alle Stricker den Mund, während er sie musterte.

Rafe drehte sich wieder zu mir um. „Gibt es eine symbolische Bedeutung? Steckt eine Botschaft dahinter, dass der Weihnachtsmann als Mordwaffe verwendet wurde?"

Hudson nickte. Er schien die Sache wie eine Philosophie-Aufgabe für die Uni zu betrachten. „Aber der Weihnachtsmann bringt Geschenke. Er tötet doch keine Menschen."

Ich äußerte den Gedanken, der mir zuvor in den Sinn gekommen war. „Priscilla Carstairs war die einzige Person hier, die nur für sich selbst strickte. War das die Botschaft? Dass Weihnachten eine Zeit ist, in der man andere beschenkt und an sie denkt?"

„Eine ziemlich brutale Art, eine Botschaft zu vermitteln", sagte Hudson.

Eileen Crosby sah Rafe an, als ob sie über seine Worte nachdachte. „Der Weihnachtsmann ist dick."

Hudson starrte sie an. „Ist das wirklich der richtige Zeitpunkt, um die Essgewohnheiten des Weihnachtsmanns zu analysieren? Wollen Sie vielleicht andeuten, dass der fröhliche alte Mann zu den Weight Watchers gehen sollte? Meinen Sie, er soll aufhören, den ganzen Tag herumzusitzen und Spielzeug herzustellen? Soll er vielleicht anfangen, Gewichte zu stemmen?" Er reckte die Fäuste in die Luft und ließ seinen Bizeps spielen.

„Nein. Aber Priscilla Carstairs war vorhin ganz schön unhöflich zu Sarah Lawson." Sie richtete ihre Aufmerksamkeit wieder auf Rafe. „Als Sarah vorhin ihren Hamburger gegessen hat, hat sie ziemlich unsensible Bemerkungen über ihr Gewicht gemacht. Und ich habe ihr gesagt, dass sie Fat-Shaming betreibt."

Clara nickte. „Stimmt. Das hat sie. Äußerst unfreundlich war das."

Eileen sah das Opfer der Stigmatisierung an. „Sarah? Wollten Sie Priscilla Carstairs dazu zwingen, ihre Worte zurückzunehmen?"

Jemandem entfuhr ein Keuchen. Dann wurde mir klar, dass es von mir kam. Man musste sich doch fragen, ob die Strafe hier dem Verbrechen angemessen war. Hatte Sarah etwa dafür gesorgt, dass Priscilla sich genauso an dem runden kleinen Weihnachtsmann verschluckte, wie sie selbst sich wegen Priscilla fast an ihrem Hamburger verschluckt hätte?

Sarah Lawson wurde erst knallrot und dann kreidebleich, erhob sich langsam von ihrem Stuhl und setzte sich dann wieder hin, als würden ihre Beine sie nicht mehr tragen. „Natürlich nicht. Das würde ich niemals tun. Ich wüsste nicht einmal, wie man das macht. Ich meine, warum sollte jemand sterben, nur weil man ihm ein Spielzeug in den Mund steckt?"

Ich wusste nicht, ob sie es merkte, aber sie machte sich von Sekunde zu Sekunde verdächtiger. Vielleicht hatte sie nicht vorgehabt, Priscilla Carstairs zu töten, sondern hatte nur beabsichtigt, ihr eine Lektion zu erteilen, und das war furchtbar schief gegangen.

Rafe nickte. „Die junge Dame hat recht. Wer auch immer das hier getan hat – er oder sie hat ihr auch die Nase zugehalten. Bei einer älteren Frau ist davon auszugehen, dass etwa zwei Minuten ohne Sauerstoff zum Tod führen."

„Wie furchtbar", sagte Eileen. „Aber könnte sie nicht an einem Herzanfall gestorben sein?"

Rafe blickte auf sie hinab – sie saß auf ihrem Stuhl und hatte den hellblauen Pullover des kleinen Henry in ihren Schoß sinken lassen. „Wenn das Herzversagen durch den Angriff verursacht wurde, ist es trotzdem Mord. Aber das muss die Polizei herausfinden."

Er sah sich um. „Ich weiß, dass es hier im Zimmer dunkel war, aber haben Sie sie nicht nach Luft ringen gehört?"

Joan gab ein schnaubendes Geräusch von sich. „Nein. Wir haben gehört, dass Geschirr zu Bruch gegangen ist. Jemand ist gegen den Tisch gestoßen und hat mich mit kochend heißem Tee überschüttet. Das, was wohl alle gehört haben, waren meine Schmerzensschreie."

„Es tut mir leid, dass Ihnen das passiert ist", sagte ich beruhigend. „Soll ich mir Ihre Verbrennungen mal ansehen? Ich habe einen Erste-Hilfe-Kasten im Laden."

Eigentlich hatte ich oben auch einen sehr guten Tee, den ich ihr hätte zubereiten können. Einen Hexentrunk, der den Schmerz lindern und die Verbrennung schnell heilen würde. Doch ich wollte keine übernatürliche Medizin einsetzen, bevor die Polizei ihre hochwissenschaftlichen Ermittlungen abgeschlossen hatte.

Da ich schon relativ oft in Mordfälle verwickelt gewesen war, konnte ich mir vorstellen, dass ich der Polizei sowieso schon suspekt war. Nicht, dass ich jemals einen dieser Morde begangen hätte, aber ich hatte das Gefühl, mich im Umgang mit den örtlichen Strafverfolgungsbehörden bereits auf dünnem Eis zu befinden. Das Letzte, was ich gebrauchen konnte, war, dass sie herausfanden, dass ich eine Hexe war.

Joan Fawcett tat mir leid, aber sie würde warten müssen, bis die Polizei mit uns fertig war. Dann würde ich ihr meinen Heiltee machen können. In der Zwischenzeit konnte ich ihr nur mein Mitgefühl und Medikamente aus der Apotheke anbieten. Selbstverständlich hatten Rafe, Clara und Mabel noch mehr Grund als ich, der Polizei aus dem Weg zu gehen. Wenigstens waren Hexen irgendwie angesagt und konnten offen in der Gesellschaft leben. Mein örtlicher Hexenzirkel organisierte sogar Veranstaltungen an unseren Feiertagen, wie vor Kurzem die Mitbringparty an Samhain. Auf Vampire traf das nicht unbedingt zu.

Überall auf dem Boden lag zerbrochenes Geschirr, und der inzwischen kalte Tee tränkte den Teppich, den ich strategisch günstig auf die Falltür zu den Tunneln gelegt hatte. Ich brannte darauf, Besen und Wischmopp zu holen und das Chaos zu beseitigen, aber ich wusste, dass ich das nicht konnte. Nicht bevor die Polizei ihre Ermittlungen abgeschlossen hatte.

Also saßen wir einfach nur herum. Einer nach dem anderen nahm seine Strick- oder Häkelarbeit wieder auf. Wenigstens hatten sie so etwas zu tun. Aber ich konnte mich nicht konzentrieren.

Nyx musste natürlich Nachforschungen anstellen. Priscilla Carstairs näherte sie sich nicht. Ich glaube, sie nahm auch einen unangenehmen Geruch wahr. Sie ging auf das zerbrochene Geschirr zu. Das Milchkännchen war zerbrochen, und auf dem Boden hatte sich eine Pfütze aus verschütteter Milch gebildet, die zusammen mit dem verschütteten Zucker eine klebrige Masse bildete. Nyx schaute sie eine Weile lang an, und ich dachte schon, sie würde sie auflecken, dabei mochte sie gar keine Milch. Sie bevorzugte ihren hochwertigen Thunfisch, der sie in ihrer exklusiven Schüssel im Obergeschoss erwartete.

Als sie mit ihren Nachforschungen fertig war, sah sie mich an – voller Mitleid, schien es mir, weil ich wieder einmal in einen Mordfall hineingeraten war – und drängte sich dann durch den Vorhang am Eingang.

Rafe deutete mit dem Kinn zum vorderen Teil des Ladens, und ich nahm an, dass er fernab der Strickrunde mit mir sprechen wollte. Ich entschuldigte mich und sagte, ich glaubte, die Polizei an der Tür gehört zu haben, obwohl ich nichts dergleichen gehört hatte. Als ich mich beim Gehen noch einmal umdrehte, sah ich, wie alle eifrig strickten oder häkelten. Wären Priscilla Carstairs' Hände nicht unnatürlich ruhig und ihre böse Zunge nicht unnatürlich still gewesen, wäre es ein ganz normaler Abend meiner Strickrunde gewesen.

Eigentlich ähnelte er so sehr einer ganz normalen Strickrunde, dass ich dachte, Clara hätte wieder einmal vergessen, dass sie unter Menschen war. Sie strickte inzwischen so schnell, dass jedem schwindelig werden musste, der versuchen sollte, ihr zuzusehen. Als wir an ihr vorbeikamen, drückte ich warnend ihre Schulter. Sie sah mich verwirrt an, also beugte ich mich hinunter und flüsterte ihr so leise wie möglich zu: „Mach langsam mit den Nadeln."

Sie sah mitgenommen aus. „Oh, das habe ich ganz vergessen. Tut mir leid."

Ich konnte nur hoffen, dass sie sich daran erinnern würde, mit menschlicher Geschwindigkeit zu stricken, und dass die Sterblichen durch die Anwesenheit der toten Frau so verunsichert waren, dass sie glaubten, ihre Augen würden ihnen einen Streich spielen.

KAPITEL 7

afe folgte mir hinaus in den Verkaufsraum. Nyx wollte gerade auf ihren üblichen Platz im Schaufenster springen, aber als sie mich sah, ging sie stattdessen zu der Tür, hinter der die Treppe zu unserer Wohnung im Obergeschoss lag. Ich hatte volles Verständnis dafür, dass sie allem entfliehen wollte, und wünschte mir nur, ich könnte ihr folgen. Ich öffnete ihr die Tür, und sie zögerte nicht, sich aus dem Staub zu machen.

Ich stellte Rafe die Frage, die mich quälte, seit das Licht nach dem Stromausfall wieder angegangen war und ich bemerkt hatte, dass eine von uns tot war. „Rafe, ich habe die Falltür verriegelt, aber kann es irgendwie sein, dass einer der Vampire hochgekommen ist, als das Licht aus war?"

Er sah mich von oben herab an, als wäre er beleidigt, weil ich seine Vampire für so machtlos hielt. „Dein albernes Schloss kann einen von uns nicht fernhalten. Aber wir wussten alle, dass heute dein Strickabend ist, also kann ich dir versichern, dass niemand von uns auch nur versucht hat, nach oben zu kommen."

Nun ja, das hatte ich mir schon gedacht, aber es war trotzdem eine Erleichterung. „Dann verstehe ich das nicht. Ich habe die Eingangstür abgeschlossen, und ich hätte gehört, wenn jemand reingekommen wäre. Das bedeutet, dass irgendjemand in dieser gemütlichen kleinen Strickrunde ein Mörder ist."

„Ja, ich denke, das ist die offensichtliche Schlussfolgerung."

„Aber wer? Und warum?" Zwei ausgezeichnete Fragen, wenn ich das einmal so sagen darf.

„Fällt dir irgendein Grund ein, aus dem jemand in diesem Strickkreis dieser Frau den Tod gewünscht haben könnte?"

„Nein. Sarah Lawson hat wirklich beschämt ausgesehen, als Priscilla sie bloßstellte, weil sie einen Hamburger und Pommes frites gegessen hat, aber mehr nicht."

Rafes empfindliche Nasenlöcher blähten sich auf. „Fast Food ist ein Gräuel für die Sinne."

Ich dachte, dass jemand, der zum Frühstück, Mittag- und Abendessen Blut trank, sich eigentlich kein Urteil leisten durfte. „Und Eileen war beleidigt, als Priscilla gesagt hat, das Gehirn ihres geliebten Enkels wäre nicht größer als eine Kaulquappe."

Rafe sah ziemlich interessiert aus. „Stimmt das denn?"

„Er ist erst knapp einen Monat alt. Wahrscheinlich schon."

Ich dachte an die Strickenden im Hinterzimmer. „Hätte man viel Kraft gebraucht, um sie zu töten?"

Er dachte über meine Frage nach. „Das glaube ich nicht. Sie war alt und hat nicht damit gerechnet, dass jemand sie angreift. Ich denke, jeder in diesem Raum wäre dazu in der Lage gewesen."

Ich war überrascht. „Sogar Joan Fawcett?"

„Welche ist das?"

„Die andere alte Dame. Die, die sich mit dem Tee verbrannt hat."

„Ja, wenn sie ein starkes Motiv hätte, hätte sie es vermutlich tun können."

„Aber der Stärkste im Raum war bestimmt Hudson."

„Gibt es irgendeinen Grund, warum er ihr den Tod hätte wünschen sollen?"

„Er scheint ganz nett zu sein. Er und Sarah Lawson scheinen sich gut zu verstehen. Könnte es eine ritterliche Tat gewesen sein?"

Rafe runzelte die Stirn. „Wenn es so ist, dann muss man dem jungen Mann beibringen, was Ritterlichkeit bedeutet."

Ich lehnte mich mit dem Rücken an eine Wollwand, die mich zu umarmen schien und mir so ein beruhigendes Gefühl vermittelte. „Könnte der Mord vorsätzlich begangen worden sein?"

Er schüttelte den Kopf. „Im ganzen Häuserblock hat es einen Stromausfall gegeben. Er wurde durch den Sturm verursacht. Das hätte niemand planen können."

„Es war also die Tat eines Gelegenheitsverbrechers."

„Das würde ich sagen, ja. Möglicherweise hatte der Täter oder die Täterin geplant, Priscilla Carstairs heute Abend auf andere Weise umzubringen." Er begann, auf und ab zu gehen. „Aber warum wurde der Plan dann nicht durchgezogen? Warum sollte man ein solches Risiko eingehen? Die Lichter hätten jeden Moment wieder angehen können. Nein, ich glaube, es war eine spontane Entscheidung. Denk gut nach, Lucy! Priscilla Carstairs muss heute Abend etwas gesagt oder getan haben, das jemanden dazu gebracht hat, sie zu ermorden."

Ich fühlte mich hilflos. „Es wurde nur geplaudert, so wie Leute es eben machen, wenn sie sich kaum kennen."

„Ich lasse dich nur ungern allein hier, aber Clara und Mabel werden auf dich aufpassen. Die beiden müssen wohl leider für die polizeilichen Ermittlungen hierbleiben."

Ich hatte nicht darüber nachgedacht, wie heikel es werden könnte, wenn Clara ihre Geburtsurkunde herausholen würde, auf der stand, dass sie über einhundertfünfzig Jahre alt war. „Meinst du, sie schaffen es, nicht aufzufallen?"

„Oh ja! Alle von uns haben gültige Ausweise. Aber da ich nicht an der Strickrunde teilgenommen habe, sollte ich besser gehen, bevor die Polizei kommt. Aber ruf mich an, wenn ich irgendetwas tun kann."

„Du kannst dein übergroßes Gehirn dazu nutzen, dir zu überlegen, wer Priscilla Carstairs getötet haben könnte und warum."

Er nickte. „Ich werde so viel wie möglich über sie herausfinden. Was weißt du schon?"

„Was ich über Priscilla Carstairs weiß?" Ich dachte an die Tote. „Sie war eine ausgezeichnete Strickerin. Sie war mal Primaballerina, zumindest hat sie das behauptet. Sie war ganz schön stolz auf ihre Tanzkarriere. Sie kam zur Strickrunde, weil sie verwitwet war."

„Hatte sie Kinder?"

„Nein. Sie sagte, das wäre nicht mit einer Tanzkarriere vereinbar gewesen. Sie war die Einzige, die etwas für sich selbst strickte. Alle anderen haben Weihnachtsgeschenke gestrickt." Plötzlich wurde mir klar, wie traurig das war. „Stell dir vor, du hättest niemanden, der deine schönen gestrickten Kleidungsstücke haben möchte."

Er gab einen abfälligen Laut von sich. „Es gibt jede Menge Wohltätigkeitsorganisationen, die sich über warme Sachen freuen würden, um sie an Obdachlose und Bedürftige zu verteilen."

Ich wusste, dass er recht hatte. Der Vampir-Strickclub hatte so viele Mützen, Socken, Pullover und Decken gestrickt, dass fast ganz Oxfordshire den ganzen Winter über etwas Warmes zum Anziehen hatte. Sie spendeten einen großen Teil ihrer Strickarbeiten für wohltätige Zwecke.

„Wir wissen also, dass sie mit Wohltätigkeit nichts am Hut hatte. Die Gefühle anderer Menschen waren ihr egal, und sie schien sehr egoistisch zu sein. Sie hat sogar zugegeben, dass sie als Ballerina eine rücksichtslose Ader hatte."

„Das ist ja schon eine ganze Menge. Ich forsche mal ein bisschen nach. In der Zwischenzeit lasse ich mein Telefon an. Wenn ich noch etwas überprüfen soll oder wenn du mich einfach brauchst ..." Er sah mich aufmerksam an. „Dann kannst du mich jederzeit anrufen."

Das waren nicht nur leere Worte. Ich wusste, dass er sie ernst meinte. Und so sehr ich mir auch wünschte, dass er blieb, wusste ich doch auch, dass er das Richtige tat, wenn er ging, bevor die Polizei eintraf. Er und Detective Inspector Ian Chisholm waren nicht immer einer Meinung. Ich ahnte, dass das auch etwas damit zu tun hatte, dass ich Ian eine kurze Zeit lang gedatet hatte.

Rafe legte seinen Kopf schief. „Ich höre die Polizeiautos. Sie sind auf dem Weg." Er fasste an meine Schulter. „Ich komme bei dir nach dem Rechten sehen, wenn sie weg sind."

Er schlüpfte zur Vordertür hinaus, und ich schloss sie

hinter ihm ab. Nicht, dass ich mir allzu große Sorgen über Gefahren von außen gemacht hätte, schließlich sah es ganz so aus, als säße gerade ein Mörder oder eine Mörderin bei mir im Laden.

In Gesellschaft anderer ist man sicherer, dachte ich mir.

Solange das Licht brannte.

Ich holte den Erste-Hilfe-Kasten – also den, der keinerlei magische Zutaten enthielt – und brachte ihn ins Hinterzimmer.

Als ich eintrat, wurde mir klar, dass ich wusste, wer Priscilla Carstairs getötet hatte.

Ich wusste nur nicht, wie ich es beweisen sollte.

KAPITEL 8

*I*ch ging noch einmal in den Verkaufsraum zurück und lief dann schnell nach oben in meine Wohnung, um mein Telefon zu holen. Ich hörte die Polizeiautos vorfahren, während ich Rafe schnell eine Mitteilung schrieb und ihn bat, zwei Informationen für mich zu überprüfen.

Dann steckte ich mein Telefon in die Tasche und ging wieder nach unten.

Ich machte den beiden Ermittlern auf, die vor der Ladentür standen. Detective Inspector Ian Chisholm warf mir einen finsteren Blick zu – wer hätte es ihm verdenken können? Es war nicht das erste Mal, dass er in mein Geschäft gerufen wurde, weil sich eine Leiche im Gebäude befand. Langsam dachte ich, der Laden sei verflucht. Auch das nicht zum ersten Mal.

Sobald all das hier vorbei war, wollte ich die Hexen in meiner Familie, die stärkere Kräfte hatten als ich, bitten, noch einmal zu mir zu kommen, um ein Reinigungsritual durchzuführen.

Ian glaubte wahrscheinlich nicht an Flüche, aber ich war mir sicher, dass sogar er sich trotz seines rationalen Verstands darüber wunderte, dass er schon wieder wegen eines verdächtigen Todesfalls hier war.

Er verschwendete keine Zeit mit Smalltalk. „Das ist Sergeant Barnes." Ich nickte dem rothaarigen Mann zu. „Erzähl uns, was geschehen ist!"

Das machte ich so gut es ging und erzählte von der Strickrunde und dem verdächtigen Todesfall. Ians Blick wich nicht von meinem Gesicht, aber ich versuchte, mich davon nicht verunsichern zu lassen und den Sachverhalt so präzise wie möglich zu erklären.

Mitten in meinem Bericht unterbrach er mich. „Moment! Vielleicht sollten wir besser selbst nachsehen."

Direkt hinter ihm kamen Sanitäter herein. Er gab ihnen ein Zeichen, dass sie warten sollten, während er und Sergeant Barnes in das Hinterzimmer vorausgingen. Alle Anwesenden saßen genau auf den Plätzen, an denen ich sie zurückgelassen hatte. Das leise Gespräch verebbte, als wir eintraten.

Ian sah sich einmal und dann noch ein zweites Mal im Kreis um, bevor er die tote Frau entdeckte.

Er rief die Sanitäter ins Zimmer, die mit einem Erste-Hilfe-Koffer hereinkamen. Auch wenn es mich überraschte, forderte er uns nicht alle auf, den Raum zu verlassen. Also saßen wir da und sahen zu, wie eine Ärztin Priscilla untersuchte.

Seltsamerweise wartete ich gespannt auf das Urteil, obwohl ich mir sicher war, dass in Priscilla Carstairs keine Spur von Leben mehr zu finden war. Und tatsächlich schaute die Ärztin nach einer kurzen Untersuchung zu Ian auf und schüttelte den Kopf. Da akzeptierte ich endlich, dass Priscilla Carstairs tot war. Ermordet in einer Strickrunde.

Jetzt bat Ian uns alle, in den vorderen Bereich des Ladens zu gehen. Der Polizeifotograf traf mit den Mitarbeitern von der Spurensicherung ein, die mich mit meinem Namen ansprachen. Ehrlich gesagt weiß man, dass man in zu viele Todesfälle verwickelt war, wenn die Gerichtsmediziner einen mit Namen kennen.

Der Fotograf hatte helle Scheinwerfer mitgebracht, und das Licht und das geschäftige Treiben hinter dem Vorhang vermittelten den Eindruck, als würde dort hinten ein Film gedreht. Wenn es doch nur so wäre, wünschte ich mir.

Wir standen unbeholfen zwischen den Wollregalen und den Tischen mit Weihnachtsstrickauslagen herum. „Ich will Sie nicht alle mit auf die Wache nehmen."

Hudson sagte in panischem Tonfall: „Nein. Ich muss morgen früh einen Aufsatz abgeben. Ich muss nach Hause und ihn fertigschreiben."

Ian sah mich an, und irgendwie konnte ich seine Gedanken lesen. Er überlegte, ob er mich fragen sollte, ob wir alle nach oben in meine Wohnung gehen könnten. Das einzige Problem an dieser Idee war, dass ich auf die Art einen Mörder zu mir einladen würde. Aber da ich die Person ohnehin schon den ganzen Abend in meinem Hinterzimmer gehabt hatte, dachte ich, dass ich damit auch kein größeres Risiko einging. „Von mir aus können alle mit zu mir in die Wohnung kommen, wenn du möchtest."

Er sah dankbar und erleichtert und besorgt zugleich aus. Da es aber die praktischste Lösung war, stimmte er zu. Ich öffnete die Tür zu meiner Wohnung, und die Strickgesell-schaft ging nach oben. Ian hielt mich mit einer Hand auf meinem Arm zurück. „Danke, Lucy. Ich sorge für deine Sicherheit. Wenn nötig stelle ich dich so lange unter Polizeischutz, bis wir den Täter in Gewahrsam haben."

Ich wusste seine Sorge um mich zu schätzen. Eigentlich gab es vieles an Ian Chisholm, das ich zu schätzen wusste. In gewisser Weise war er der helle Gegenpol zu Rafes Dunkelheit. Trotzdem war unser kurzen Beziehungsexperiment nicht besonders gut ausgegangen. Nicht, dass es allein seine Schuld gewesen wäre – er war einem missglückten Liebestrank zum Opfer gefallen. Aber trotzdem konnte ich die Vergangenheit nicht ändern. Selbst wenn ich es vielleicht gewollt hätte.

Hudson half Joan Fawcett gerade in den bequemsten Sessel, als ich mit Ian Chisholm die Treppe hinaufkam. Mein Wohnzimmer war nicht besonders groß, und es gab nicht genügend Sitzgelegenheiten für uns alle, also ging ich ins Esszimmer und holte noch ein paar Stühle. Als die Gäste begannen, sich niederzulassen, sagte Ian: „Ich möchte, dass Sie genau dieselbe Sitzordnung einhalten wie unten."

Ich sah mich um, und merkwürdigerweise hatten wir genau das instinktiv getan. Ich stellte meinen Holzstuhl neben Sarah Lawson. Und dann brachte ich schweren Herzens einen leeren Stuhl an die Stelle, an der Priscilla Carstairs gesessen hätte, zwischen Eileen und Joan.

Ian saß etwas außerhalb unseres Kreises, und Sergeant Barnes stand mit seinem aufgeschlagenen Notizbuch am oberen Treppenabsatz. Ich hatte den starken Verdacht, dass sich unten noch mehr Beamte aufhielten, falls der Mörder versuchen sollte, sich aus dem Staub zu machen.

Ian begann: „Normalerweise würde ich jeden von Ihnen einzeln befragen, aber aufgrund der besonderen Umstände des Todes von Priscilla Carstairs möchte ich mit allen gemeinsam sprechen. Bitte hören Sie sich alles an, was die anderen sagen, und melden Sie sich, wenn Sie Ungereimtheiten hören oder etwas hinzufügen möchten. Versuchen Sie, sich an alles zu erinnern, was passiert ist, und zwar genau in der Reihenfolge, in der es passiert ist."

Er sagte zwar nicht, dass der Mörder oder die Mörderin unter uns war, aber ich denke, das war uns allen inzwischen klar. Das hier waren nette Leute, mit denen ich gestrickt und denen ich Wolle und Zeitschriften verkauft hatte. Mir widerstrebte der Gedanke, dass jemand von ihnen böse Absichten gehegt hatte, während er oder sie meine Wolle durchstöberte, aber so musste es wohl gewesen sein. Er blickte in die Runde. „So haben Sie also gesessen?"

Wir nickten alle.

Zunächst einmal sollte jeder von uns so von dem Abend berichten, wie wir ihn in Erinnerung hatten. Sarah Lawson war die Erste. Sie sah nervös aus und war rot im Gesicht. Sie erzählte, dass sie ihren Hamburger mitgebracht hatte und Priscilla gemein zu ihr gewesen war. Doch dann versicherte sie ihm, dass sie die Frau niemals umgebracht hätte, auch wenn deren herzlose Bemerkungen sie verletzt hatten.

„Und kannten Sie Mrs Carstairs schon vor dem heutigen Abend?"

Sie schaute sich hilflos in der Runde um. „Nun, ja, natürlich. Wir alle kommen ja schon seit ein paar Wochen zu dieser Strickrunde. Es sind zwar nicht immer dieselben Leute dabei, aber mit Priscilla Carstairs habe ich schon öfters gestrickt."

„Und davor? Kannten Sie sie da schon?"

„Nein. Wir waren uns noch nie begegnet." Sie verzog das

Gesicht. „Und nach dieser Strickrunde hätte ich nichts dagegen gehabt, sie niemals wiederzusehen."

Dies der Polizei gegenüber zuzugeben, mochte ziemlich dumm sein, aber andererseits ließ ihr ehrliches Eingeständnis sie unschuldiger erscheinen.

Ich fragte Ian, ob es ihm etwas ausmachen würde, wenn ich mich um Joan Fawcetts Verbrennung kümmern würde, da ich immer noch den Erste-Hilfe-Kasten mit mir herumschleppte und noch keine Gelegenheit gehabt hatte, ihre Verbrennung zu behandeln. Er sagte, das sei in Ordnung. Ich rückte näher an Joan heran und öffnete meinen Erste-Hilfe-Kasten.

Ian fragte Sarah Lawson, was genau sie empfunden hatte, als das Licht ausging. „Lassen Sie sich Zeit und seien Sie so präzise wie möglich!"

Sie nahm sich einen Moment und schloss die Augen, bevor sie zum Sprechen ansetzte. „Es war ein Schock. Gerade war ich dabei, die Maschen auf meiner Nadel zu zählen, da wurde auf einmal alles dunkel. Ich habe ein Rascheln gehört und vielleicht jemanden, der fragte: ‚Was ist hier los?' Ich kann mich nicht so richtig erinnern. Im nächsten Moment habe ich ein Krachen gehört und dann das Geräusch von zerbrechendem Porzellan. Jemand hat geschrien. Und dann hat Lucy gesagt, dass wir uns keine Sorgen machen sollen und dass sie irgendwo Kerzen hat."

„Und dann?"

„Und dann ist das Licht wieder angegangen. Es hat ein paar Minuten gedauert, bis wir überhaupt gemerkt haben, dass Priscilla Carstairs tot war."

KAPITEL 9

„Als das Licht wieder anging, waren da alle an der gleichen Stelle wie vor dem Stromausfall?"

„Hm." Sie schloss die Augen wieder und ließ sie geschlossen, als ob hinter ihren Augenlidern ein Film ablief. „Lucy ist aufgestanden. Ansonsten saßen, glaube ich, alle am gleichen Platz."

Als Nächstes wandte sich Ian an Hudson und erhielt so ziemlich die gleiche Geschichte, obwohl Hudson mehr Details hinzufügen konnte. Er erinnerte sich daran, dass Eileen und ich zusammengestoßen waren, und er konnte sich noch besser an meine Worte erinnern. Während sie sich unterhielten, half ich Joan, ihren Pullover auszuziehen, und rieb ihre rote Haut an der Stelle, wo der heiße Tee ihren linken Arm verbrüht hatte, mit einer Wundsalbe ein. Es hatten sich keine Blasen gebildet, also ging ich davon aus, dass sie keine bleibenden Schäden davontragen würde. Ich mochte gar nicht daran denken, wie ihre Haut, nachdem sie mit kochend heißem Tee begossen worden war, immer noch brennen musste, also beschloss ich, ihr doch eine Tasse meines speziellen Heiltees zu machen.

Ich ging in die Küche und setzte den Wasserkocher auf. Mit halbem Ohr hörte ich zu, als Hudson sagte, er habe das Opfer vor der Strickrunde nicht gekannt und während des Stromausfalls nichts Seltsames bemerkt. „Aber etwas Seltsames habe ich schon gehört. Die beiden älteren Damen, die neben mir saßen, haben miteinander geredet. Sie sagten irgendetwas von Stromausfällen im Krieg. Ich wusste nicht, von welchem Krieg sie reden."

Ich drehte mich um und starrte die beiden an. Clara und Mabel sahen schuldbewusst aus. Schon wieder. Ich schwor mir, sie von nun an aus allen menschlichen Strickrunden zu verbannen. Schließlich sagte Clara: „Ich habe von meiner Mutter gesprochen. Sie hat mir immer vom Krieg erzählt."

Ich brühte meinen Spezialtee eilig auf, weil ich schnell wieder zu den anderen wollte. Während ich meine Hand über der Tasse kreisen ließ, murmelte ich leise:

Möge dieser Tee Hilfe sein bei brennendem Leiden.
Der Schmerz soll verschwinden und gesunde Haut bleiben.
So will ich es, so soll es sein.

Ich nahm die Tasse mit ins Wohnzimmer und hielt sie Joan hin. Den anderen bot ich nichts zu trinken an, was aber niemand zu bemerken schien. Oder vielleicht wurde ihnen schon beim bloßen Gedanken an Tee übel.

Ich setzte mich wieder auf meinen Platz. Als nächstes vernahm Ian Mabel, und ich versuchte, nicht jeden Muskel meines Körpers vor Angst anzuspannen. Hoffentlich erzählte sie nicht von Dingen, die kein Mensch wissen sollte, zum

Beispiel, dass sie Priscillas Blut nicht mehr hatte fließen hören und dass sie den Tod gerochen hatte. Aber glücklicherweise war Mabel so klug, fast Wort für Wort zu wiederholen, was Sarah und Hudson gesagt hatten. Clara tat dasselbe.

Eileen war die Nächste, und als Ian seine Aufmerksamkeit auf sie richtete, waren wir uns wohl alle des leeren Stuhls neben ihr bewusst.

„Sie haben neben Mrs Carstairs gesessen. Ich möchte, dass Sie sehr sorgfältig darüber nachdenken, was Sie gesehen oder gefühlt haben und was Sie während und nach dem Stromausfall getan haben."

Sie zuckte mit den Schultern und schaute sich im Raum um, als ob wir ihr vielleicht alle aus der Patsche helfen könnten. „Ich war damit beschäftigt, meinem kleinen Enkel einen Pullover zu stricken. Weil er so winzig ist, ist es sehr wichtig, dass man alles richtig macht. Es ist nämlich ein Zopfmuster, wissen Sie, und ich war gerade dabei, die Maschen zu zählen und mich zu vergewissern, dass ich alle in der richtigen Reihenfolge gestrickt hatte, als das Licht ausging. Ich gebe zu, dass ich mich zuerst geärgert habe, weil es mir gerade gelungen war herauszufinden, wo genau ich im Muster war, und jetzt wusste ich, dass ich die Stelle verloren hatte."

„Sie waren nicht verängstigt oder erschrocken?"

„Eigentlich nicht. Es war ja nur ein Stromausfall."

„Haben Sie irgendetwas von dem Opfer gehört?"

„Ich glaube, sie hat einen Laut von sich gegeben – als ob sie wütend wäre. Sie hat etwas gemurmelt. ‚Ach wie schön', hat sie gesagt, irgendwie sarkastisch, wissen Sie? Ich habe ein Rascheln gehört – wie im Kino, wenn die Lichter ausgehen, bevor der Film beginnt. Plötzlich nimmt man andere Menschen wahr, die schlurfen, seufzen, husten und so weiter.

Dann habe ich Geschirr klirren und Gegenstände zerbrechen hören. Joan hat aufgeschrien, und ich wusste nicht so recht, was ich tun sollte. Einerseits wollte ich aufstehen und ihr helfen, aber es war so dunkel, dass ich Angst hatte, auszurutschen oder mich an etwas zu verletzen, das zu Bruch gegangen war.

Ich habe gehört, wie Lucy sagte, dass sie ein paar Kerzen holen geht, und dann dachte ich, ich stehe besser auf und sehe nach, ob ich Joan helfen kann. Ich vermute, dass Lucy und ich in der Dunkelheit die Orientierung verloren haben und wir deshalb zusammengestoßen sind. Kurz darauf ist der Strom zurückgekehrt. Ich glaube, in der Erleichterung darüber, dass wir wieder sehen konnten, hat niemand von uns bemerkt, dass die arme Priscilla tot war."

Sie schluckte, und ich sah, wie ein Schauer über ihre Haut lief. „Es war furchtbar."

Wie alle anderen zuvor fragte Ian auch sie, ob sie das Opfer gekannt habe, bevor die Strickrunde zum ersten Mal zusammengekommen war. Sie zögerte lange. Der Moment zog sich zu lange hin, und schließlich erkannte vermutlich sogar sie, dass niemand von uns, einschließlich der Polizei, ihr glauben würde, wenn sie jetzt vorgeben würde, die Frau nicht gekannt zu haben. „Ja. Ich kannte sie schon. Aus beruflichen Gründen. Mehr sollte ich wirklich nicht sagen."

Ian sah sie an, und wenn er sein hartes Polizistengesicht aufsetzte, konnte er ziemlich einschüchternd wirken. „Ich kann mit Ihnen aufs Revier gehen und Sie in einem privaten Raum vernehmen, wenn Ihnen das lieber ist. Bitte bedenken Sie, dass wir in einem Mordfall ermitteln."

Eileen schaute auf den leeren Stuhl, als ob sie Priscillas Erlaubnis zum Weiterreden einholen wollte, und als sie keine erhielt, sagte sie: „Ich nehme an, dass es jetzt, wo die Arme tot ist, keine Rolle mehr spielt. Wir haben ihren Ehemann bei der Scheidung vertreten." Sie zögerte, dann fügte sie hinzu: „Wenn alles, was er behauptet hat, wahr ist, war sie nicht sehr nett zu ihm."

„Scheidung?", fragte Sarah sie. „Ich dachte, sie hätte gesagt, sie wäre verwitwet."

„Sie und ihr Mann hatten sich vorher scheiden lassen. Ich glaube, sie hat sich als Witwe bezeichnet, damit es so aussah, als hätte sie die Rolle des Opfers innegehabt."

„Haben Sie gespürt, dass jemand hinter Ihnen vorbeigegangen ist, bevor er oder sie gegen den Tisch gestoßen ist und das ganze Geschirr zerbrochen hat?"

„Nein, habe ich nicht."

„Sie und Lucy sind zusammengestoßen. Sie scheinen die Einzige zu sein, die während des Stromausfalls aufgestanden ist. Sind Sie sicher, dass nicht Sie den Unfall mit dem Tisch verursacht haben?"

Mir fiel auf, dass Eileen einen ebenso stählernen Blick hatte wie Ian. Es war beeindruckend. „Da bin ich mir ganz sicher."

Sie starrten sich etwa dreißig Sekunden lang an, als stünden sie sich in einem Duell gegenüber, von dem ich wusste, dass ich es schon in der ersten Sekunde verloren hätte.

Schließlich wandte er sich Joan Fawcett zu. Er stellte ihr dieselben Fragen wie allen anderen zuvor. Sie sagte im Grunde genommen dasselbe, was die anderen auch gesagt hatten. Als das Licht ausging, habe sie ein Schlurfen gehört. Jemand habe gehustet. Und sie sah Eileen an. „Und ja, ich habe Priscilla etwas murmeln hören. Ich überlegte gerade, ob ich meine Häkelzeug weglegen sollte, als ich von brühend heißem Tee getroffen wurde. Also, in dem Moment wusste ich noch nicht, dass es Tee war. Alles, was ich wusste, war, dass mich ein schrecklicher Schmerz durchfuhr. Ich fürchte, ich habe aufgeschrien. Danach war ich so sehr damit beschäftigt, mich abzutrocknen, dass ich nichts anderes mehr mitbekommen habe."

„Haben Sie jemanden hinter sich gehört?"

„Jetzt, wo Sie es erwähnen: ja. Ich habe Schritte und dann jemanden gegen den Tisch stoßen hören, und dann wurde ich, wie gesagt, mit dem heißen Tee überschüttet und hörte, wie das ganze Porzellan auf dem Boden zerbrach."

Er sah sie an. „Das ist sehr wichtig, Mrs Fawcett. Haben Sie eine Ahnung, wer es war, der gegen den Tisch gestoßen ist?"

„Ich glaube, es könnte Sarah Lawson gewesen sein."

KAPITEL 10

Sarah richtete sich kerzengerade auf und kreischte: „Was?"

Joan zuckte hilflos mit den Schultern. „Es war eine schwerfällige Person. Das ist alles, was ich weiß. Und natürlich war Priscilla sehr unfreundlich zu Sarah gewesen." Sie ließ ihre Worte in der Luft schweben, und dort blieben sie wie Nebel oder ein übler Gestank hängen.

Ich spürte eine Vibration, die mir verriet, dass ich eine Textnachricht erhalten hatte. Zu meiner Erleichterung war sie von Rafe. Er hatte sehr schnell gearbeitet und mir die Antworten auf meine beiden Fragen geliefert. Es war zwar kein Beweismaterial, aber seine neuen Informationen bestätigten meine Vermutung.

Ich steckte mein Handy zurück in die Tasche, als Ian nun schon fast mechanisch die Frage stellte: „Und Mrs Fawcett, kannten Sie das Opfer schon vor heute Abend?"

„Ja, wie alle anderen auch, habe ich sie in den letzten Wochen fast immer in der Strickrunde gesehen."

Er nickte. „Und vorher waren Sie ihr noch nie begegnet?"

Sie schüttelte den Kopf. „Nein. Noch nie."

Was ich nun machte, tat ich zwar nicht gerne, aber Joan Fawcett hatte gerade eine glatte Lüge erzählt. „Sind Sie sicher?", fragte ich sie.

Alle drehte sich verblüfft zu mir um. Eigentlich sollte ja gar nicht ich die Fragen stellen, aber Ian Chisholm wusste, dass ich die schlechte Angewohnheit hatte, mich in Mordfälle einzumischen. Ich wollte ja nicht prahlen, aber ich hatte tatsächlich zur Aufklärung einiger Fälle beigetragen. Und ich war mir sicher, dass ich auf dem besten Weg war, auch diesen Fall zu lösen.

Joan drehte sich überrascht zu mir um. „Was meinen Sie damit, Lucy? Womöglich habe ich sie schon mal in Ihrem Strickladen gesehen, aber sie war mir nicht aufgefallen."

Ich warf Ian einen Blick zu, und er forderte mich mit einem kaum merkbaren Nicken auf weiterzureden. Ich wusste, dass ich sehr vorsichtig vorgehen musste, um nicht alles zu vermasseln. „Waren Sie nicht früher mal auf Miss Adelaides Ballettschule?"

Einen Moment lang wirkte sie fassungslos, und ich sah, wie ihr vor Staunen der Mund offen stehen blieb. Dann presste sie so entschlossen die Lippen zusammen, dass ihr künstliches Gebiss klappernd aufeinanderschlug. „Meine Güte, das ist doch Jahre her. Aber ja, ich habe Tanzunterricht genommen, als ich jung war."

Nun blickte Hudson interessiert zu ihr hinüber. „Miss Adelaides Ballettschule? War das nicht die Schule, von der Priscilla Carstairs sagte, dass sie sie besucht hat?" Er blickte in die Runde. „Sie hat doch gerade heute Abend davon erzählt."

Eileen runzelte die Stirn und nickte dann. „Ja, Hudson, ich glaube, Sie haben recht."

Joan Fawcett rutschte auf ihrem Sessel in eine bequemere Position. „Ich denke, die Ballettschule von Miss Adelaide haben viele Mädchen besucht. Sie war berühmt. Sie hat viele Tänzerinnen und Tänzer hervorgebracht, die später groß Karriere gemacht haben."

„Ja", sagte ich. „Aber Sie und Priscilla Carstairs waren genau im gleichen Alter." Im Stillen dankte ich Rafe für diese Information. „Sie müssen die Schule zur gleichen Zeit besucht haben."

Sie zuckte irritiert mit den Schultern, ihr Blick war nun auf Ian gerichtet. „Selbst wenn es so wäre, könnte man wohl kaum von mir erwarten, dass ich mich an etwas erinnere, was vor fast siebzig Jahren passiert ist."

Ein kurzer Moment der Stille verging, ohne dass ich etwas sagte. Wenn ich in der kurzen Zeit, seit ich angefangen hatte, andere zu befragen, eines gelernt hatte, dann war es die Bedeutung des Schweigens. Ich ließ die Pause so lange andauern, bis die Verdächtige voller Unbehagen auf die nächste Frage wartete. Ich ließ sie warten, und es wurde immer stiller im Raum. Ian sagte nichts. Er überließ mir das Wort. „Sie haben zu Eileen gesagt, dass Sie nicht an Rheuma leiden. Dass Sie mit einem Stock gehen, weil Sie in Ihrer Jugend einen Unfall hatten. Was war das für ein Unfall?"

Ich versuchte absichtlich, sie mit einer Frage durcheinanderzubringen, die sie nicht erwartet hatte. Nun sah sie beleidigt aus und richtete sich kerzengerade auf. Die Kamee-Brosche an ihrem Hals schimmerte im Licht der Lampen. Ruckartig stellte sie ihre Teetasse ab. „Ich glaube wirklich nicht, dass Sie das etwas angeht."

Ich schaute Ian an. Wir spielten nicht unbedingt guter Bulle, böser Bulle, sondern vielmehr echter Bulle, falscher Bulle, aber er hatte offensichtlich beschlossen, mir bei dieser unkonventionellen Ermittlung zu vertrauen. Er sagte: „Wenn Lucy der Meinung ist, dass Ihre Verletzung für diesen Fall von Bedeutung sein könnte, dann muss ich Sie bitten, die Frage zu beantworten. Auch hier gilt: Wenn es Ihnen unangenehm ist, vor der gesamten Gruppe zu sprechen, können wir Sie mit auf die Wache nehmen und Sie dort befragen."

Mit ausgestreckten Händen wandte sie sich an alle Anwesenden. „Das ist doch lächerlich. Ich habe einen Sturz erlitten. Mein Bein war an mehreren Stellen gebrochen und ist nie wieder richtig verheilt. Das ist Jahre her."

Ian warf mir einen Blick zu, und ich wusste, dass er mir schweigend erlaubte weiterzumachen. Ich wusste sein Vertrauen zu schätzen und hoffte sehr, dass ich die Sache nicht in den Sand setzen würde. „Aber wo hat sich dieser Sturz denn ereignet, Joan?" Es machte mich traurig, sie so zu bedrängen, diese alte Dame, die so viele Jahre lang gelitten hatte. „Und von was genau sind Sie gefallen?"

Eine grauenvolle Stille trat ein. Sie schaute mich an, und was immer sie sah, musste ihr zu verstehen gegeben haben, dass ich die Wahrheit erraten hatte.

Und dann schien ihr Gesicht in sich zusammenzufallen. „Woher wussten Sie das?", fragte sie. „Wie ist es überhaupt möglich, dass sie davon wussten?"

Nun war es, als wären nur noch wir zwei im Raum. „Weil Sie die Einzige waren, die sich mit dem Tee verbrannt hat. So, wie der Tisch stand, hätte der Tee, wenn er Sie an Ihrem linken Arm getroffen hat, auch Priscilla und eventuell Eileen treffen müssen. Aber außer Ihnen hat sich niemand verbrüht."

„Aber es könnte Sarah gewesen sein, oder jeder andere, es hätte gereicht, die Kanne anzuheben und umzustoßen, um mich mit Tee zu begießen."

„Aber so war es nicht, oder? Wollen Sie wirklich Sarah die Schuld in die Schuhe schieben?"

Sie führte ihren kalten Tee zum Mund und trank einen Schluck. Ihre Hände zitterten, als sie die Tasse wieder abstellte. „Nein. Sie haben recht."

„Priscilla Carstairs wurde nicht wegen etwas getötet, das heute Abend passiert ist. Es ist vor vielen Jahren geschehen. Warum erzählen Sie uns nicht, was passiert ist? Vor so langer Zeit?"

KAPITEL 11

*I*hre Augen waren vom Alter getrübt, und sie schaute quer durch den Raum, als würde sie durch die Jahrzehnte hindurchblicken. Bis in die ferne Vergangenheit.

„Sie haben es natürlich erraten. Priscilla und ich haben beide Miss Adelaides Ballettschule besucht. Wir waren ungefähr zwölf, als wir uns kennengelernt haben, und wir waren die beiden besten Schülerinnen in der Gruppe." Sie lächelte schwach. „Priscilla hatte recht. Miss Adelaide liebte es, sie ihr *en dehors* vor der Klasse vorführen zu lassen. Sie beherrschte es ausgezeichnet. Aber ich war von uns beiden die anmutigere Tänzerin.

„Miss Adelaide gab uns zweien höchstpersönlich Zusatzunterricht. Wir waren die Stars unter ihren Schülerinnen, und sie versprach uns, dass wir mit Hingabe und harter Arbeit professionelle Ballerinas werden könnten. Diesen Traum hatten wir gemeinsam, und wir arbeiteten unermüdlich daran. Wir dienten uns gegenseitig als Antrieb, aber ich dachte, zwischen uns würde ein gesunder Wettbewerb herrschen.

„Aber dann ist etwas passiert", sagte ich.

Sie nickte. Sie schien erleichtert zu sein, endlich von der Geschichte erzählen zu können. „Wir waren siebzehn Jahre alt und hatten beide die Möglichkeit, für einen begehrten Platz als Nachwuchstänzerinnen bei einer renommierten Tanzkompanie vorzutanzen.

Ich kann gar nicht beschreiben, wie aufgeregt ich war. Es waren viele Mädchen dort, aber sehr schnell wurde klar, dass Priscilla und ich in der engeren Auswahl für einen der begehrten Plätze waren. Wir hatten im Probensaal Übungen an der Stange gemacht, um uns für den letzten Durchlauf des Vortanzens aufzuwärmen, und dann schlug Priscilla vor, dass wir auf die Bühne gehen sollten, um sie uns anzusehen. Wir würden nur einen kurzen Blick darauf werfen, sagte sie, und dann würden wir wieder nach hinten gehen und uns für unser letztes Vortanzen vorbereiten.

Sie war immer so neidisch auf mich gewesen, dass ich hätte misstrauisch sein müssen, dass sie plötzlich so freundlich zu mir war." Joan seufzte schwer. „Aber ich war ein Dummkopf. Ich bin mitgegangen. Da standen wir nun, zwei junge Damen in unseren schwarzen Ballettanzügen, die Haare zu einem festen Dutt frisiert, mit Tanzschuhen an den Füßen. Wir haben *Arabesque* geübt und ein paar Sprünge auf der Bühne gemacht. Und dann ist Priscilla an den Rand der Bühne gegangen und hat sich zu mir umgedreht. ‚Komm mal her und sieh dir das an! Da unten wird das Orchester für uns spielen, wenn wir beide berühmte Ballerinas sind.'"

Es herrschte völlige Stille im Raum. Niemand wagte auch nur zu atmen.

„Ich ging zu ihr an den Bühnenrand, und als ich mich

nach vorn beugte, um in den Orchestergraben zu schauen, stieß mich Priscilla von der Bühne."

Auch wenn zu erahnen gewesen war, wo ihre Geschichte hinführte, spürte ich, wie mein Herz einen Sprung machte. Sarah keuchte.

„Ich weiß bis heute nicht, was sie beabsichtigt hatte, aber noch im selben Moment, als ich auf dem Boden aufschlug, wusste ich, dass etwas Schreckliches passiert war. Ich hörte, dass mein Bein brach. Ich verlor das Bewusstsein und als ich wieder aufwachte, war ich im Krankenhaus."

„Oh, wie schrecklich", sagte Eileen.

„Natürlich hat Priscilla den Platz bekommen. Ich habe meinen Eltern erzählt, was passiert war, und sie haben sich bei der Ballettkompanie und bei Miss Adelaide beschwert. Priscilla behauptete natürlich, es wäre meine Idee gewesen, auf die Bühne zu gehen, und als ich in den Orchestergraben schaute, wäre ich ausgerutscht und gestürzt. Wir waren doch Freundinnen, hat sie immer wieder gesagt. Und natürlich hat jeder, der uns beim Vortanzen gesehen hat, nichts als Freundlichkeit erlebt."

Ihre Hände ballten sich zu Fäusten. Ihre Haut war so dünn, dass ich die weißen Knochen ihrer Fingerknöchel sehen konnte. „Sie hat mich sogar im Krankenhaus besucht. Sie hat mir Blumen mitgebracht und so getan, als würde sie ihre eigenen Lügen glauben. Ich habe sie angeschrien. Und ihr gesagt, wenn ich sie jemals wiedersehe, werde ich sie umbringen."

Offensichtlich war Joan eine Frau, die zu ihrem Wort stand.

„Man muss denen von der Ballettkompanie zugutehalten, dass sie sie zu guter Letzt doch nicht genommen haben. Bestimmt wussten sie nicht so recht, wem sie glauben sollten, aber sie wollten nicht riskieren, ein Mädchen zu nehmen, das einer rivalisierenden Tänzerin möglicherweise Schaden zugefügt hatte. Aber davon hat Priscilla sich nicht aufhalten lassen. Sie tanzte immer wieder vor, und schließlich wurde sie von einer Ballettkompanie genommen. Ich habe ihre Karriere lange verfolgt. Jeder Aufstieg, jeder Triumph fühlte sich an, als hätte sie mich noch einmal von der Bühne gestoßen. Es war zu schmerzhaft, und schließlich habe ich aufgehört."

Sie seufzte. „Es war so lange her, dass ich nicht geglaubt hätte, immer noch Hass für sie zu empfinden. Als dann diese magere alte Frau bei der Strickrunde aufgetaucht ist, habe ich sie nicht einmal erkannt. Es sind fünfundsechzig Jahre vergangen, und sie sah nicht mehr so aus wie in ihrer Jugend, und außerdem hatte sie einen anderen Nachnamen. Erst als sie heute Abend die Geschichte über die Schule von Miss Adelaide erzählt hat und ich sie mir genauer ansah, habe ich sie erkannt. Sie war dieselbe Priscilla, die meine Karriere zerstört und mich für den Rest meines Lebens zum Krüppel gemacht hat, während sie zum Star aufgestiegen ist. Sie ist so lange damit durchgekommen. Und als ich gehört habe, wie sie mit Sarah geredet hat, wusste ich, dass sie immer noch grausam ist."

„Haben Sie da geplant, sie zu töten?", fragte ich.

„Ich weiß es nicht. Ich war voller Hass. Er war noch so frisch wie an dem Tag, als sie meiner Tanzkarriere ein Ende gesetzt hat. Als das Licht ausging, habe ich einfach gehandelt.

Ich habe blindlings nach einer dieser blöden Figuren gegriffen, die sie für sich selbst strickte. Ich glaube nicht, dass ich die Absicht hatte, sie zu töten. Ich wollte ihr einfach nur ihren entsetzlichen Egoismus und ihre Grausamkeit in den Rachen schieben. Aber dann fing sie an, Laute von sich zu geben, also musste ich gegen den Tisch stoßen, um die Geräusche zu übertönen. Ich fing an zu schreien, dass ich mich verbrannt habe, dann ergriff ich die Teekanne, bevor sie umkippte, beschüttete mich mit etwas Tee und ließ die Kanne dann auf den Boden fallen."

Sie zuckte die Achseln. „Dann setzte ich mich wieder auf meinen Platz und wartete darauf, dass das Licht wieder anging. Ich wusste nicht, ob Priscilla tot oder lebendig war, und es war mir auch ziemlich egal. So muss sie sich gefühlt haben, als sie mich von der Bühne stieß."

Ian nickte dem Sergeant zu, der Joan Fawcett offiziell festnahm, und dann wurde sie, schwer auf ihren Stock gestützt, abgeführt. Als sie an mir vorbeiging, sagte sie: „Danke für den Tee. Ich fühle mich viel besser. Sogar die Schmerzen in meinem Bein sind besser geworden."

Als mir klar geworden war, dass ich sie an Ian ausliefern würde, hatte ich das Gefühl gehabt, dass es das Mindeste war, was ich tun konnte. „Ich werde dafür sorgen, dass Sie noch welchen bekommen", versprach ich ihr. Selbst wenn ich ihn ins Gefängnis liefern müsste.

Nachdem sie gegangen war, saßen wir alle fassungslos da, bis Ian sagte: „Sie dürfen jetzt alle gehen. Ich bitte Sie nur, Ihre Kontaktdaten bei meinem Kollegen im Erdgeschoss zu hinterlassen. Vielleicht müssen wir noch einmal Kontakt zu Ihnen aufnehmen."

Hudson stand auf und sammelte seine Sachen ein, dann wandte er sich mir zu. „Es tut mir leid, Lucy. Aber ich glaube nicht, dass ich noch einmal zur Strickrunde komme."

Eileen packte den Pullover des kleinen Henry ein und steckte ihn zurück in ihre Stricktasche. „Ich glaube auch nicht, dass ich noch einmal mitmache."

Als Sarah Lawson den Mund aufmachte, um etwas zu sagen, hob ich meine Hände. „Keine Sorge! Die Strickrunde ist bis auf Weiteres abgesagt."

Mabel und Clara gingen ebenfalls, und ich vermutete, dass sie den anderen Vampiren bald erzählen würden, was passiert war.

Nachdem sie gegangen waren, blieb nur noch Ian übrig. „Das hast du gut gemacht. Woher wusstest du von der gemeinsamen Vergangenheit von Joan Fawcett und Priscilla Carstairs?"

„Zum Teil habe ich es aus Gesprächsfetzen erahnen können, und zum Teil war es einfach ein Glückstreffer." Von meinem heimlichen Komplizen konnte ich ihm natürlich nichts erzählen. Von dem Vampir, der gerade unten an einem äußerst leistungsfähigen Computer saß und zweifellos darauf wartete, dass Ian sich verabschiedete.

„Nun, es tut mir leid, dass dein Abend auf so eine Weise enden musste." Sein Blick wanderte zu meiner Küche. „Aber ich nehme gerne einen von diesen Keksen, wenn ich darf. Die sehen köstlich aus."

Ich schickte ihn mit einem halben Dutzend Cookies mit weißer Schokolade und Preiselbeeren weg.

Bald würde ich nach unten gehen müssen, um das Chaos zu beseitigen, aber noch nicht jetzt.

Ich setzte mich auf meine Couch, und Nyx kam aus dem Schlafzimmer und vergewisserte sich, dass alle weg waren, bevor sie hinaufsprang und sich auf meinem Schoß niederließ.

„Nyx", sagte ich, „ich bin mir nicht sicher, ob meine Strickrunde für Menschen so eine gute Idee war."

Sie rieb ihren Kopf an meinem Arm, was bei ihr einer Aufforderung entsprach, sie am Bauch zu kraulen. Ich hörte, wie die Tür im Erdgeschoss geöffnet wurde und leise Schritte die Treppe hinaufkamen. „Oh, Lucy, Rafe, Mabel und Clara haben uns erzählt, was du durchgemacht hast. Was für ein furchtbarer Abend."

Es war meine Großmutter. Sie mochte untot sein, aber sie war immer noch meine geliebte Granny. Sie setzte sich neben mich, um mich zu umarmen. Hinter ihr trat Rafe ein. „Wir haben gesehen, wie Joan Fawcett abgeführt wurde. Hast du sie zu einem Geständnis gebracht?"

„Ja."

„Gut gemacht, Lucy."

„Ohne deine Recherchen über Miss Adelaides Ballettschule und Priscillas Karriere hätte ich das nicht geschafft."

Granny sagte: „Ihr beide seid ein sehr gutes Team."

Und dann holte sie ihr Strickzeug hervor. „Ich habe ein paar von den anderen nach oben eingeladen. Ich dachte, wir könnten spontan unsere eigene Strickrunde einberufen. Einfach nur, damit du dich besser fühlst."

„Danke, Granny." Sie musste wohl gewusst haben, dass ich im Moment nicht allein sein wollte. Ich hatte zwar ein schlechtes Gewissen, weil ich nicht an ihrem Weihnachtsgeschenk arbeiten konnte, aber eigentlich war mir im Moment nicht zum Stricken zumute.

Als Nächste trafen Theodore und Sylvia mit Clara und Mabel ein. Sie tuschelten und sahen ziemlich selbstzufrieden aus. Granny sagte: „Wir haben eine Überraschung für dich. Um dich aufzumuntern."

Theodore reichte mir mit schüchternem Blick eine Geschenktüte. „Es ist von uns allen. Ein kleines Geschenk für dich, das du im Laden tragen kannst."

Die Vampire schenkten mir oft Dinge zum Anziehen, aber ich konnte an ihren Blicken erkennen, dass dies hier etwas Besonderes war. Ich zog den gestrickten Pullover heraus und spürte sofort, wie sich meine Laune verbesserte.

Es war ein Weihnachtspulli. Wahrscheinlich einer der lächerlichsten Pullover, die je von Menschen oder Vampiren gestrickt worden waren.

Er war rot und auf der Vorderseite war ein großer, grüner Weihnachtsbaum zu sehen, auf dessen Spitze ein großer, goldener Stern prangte. Er war mit handgestrickten Kugeln dekoriert, die von ihm herunterhingen. Ich konnte sehen, dass Nyx ihn für ein ausgeklügeltes Katzenspielzeug hielt, und als sie ihre Pfote nach einer der schwingenden, funkelnden Kugeln ausstreckte, hielt ich sie auf. „Komm gar nicht erst auf die Idee", warnte ich sie.

„Probier ihn doch mal an", sagte Mabel.

Mehr Ermutigungen waren nicht nötig. Ich zog den Pullover über mein schwarzes T-Shirt und zog mein Haar aus dem Kragen. Natürlich passte der Pullover perfekt. Ich rannte zum Spiegel, drehte mich hin und her und bestaunte mich. Jedes Mal, wenn ich mich bewegte, tanzte der Christbaumschmuck.

„Der ist wunderschön", sagte ich. „Einfach bezaubernd. Ich kann es kaum erwarten, ihn im Laden zu tragen."

Und ich beschloss, dass ich mich nie wieder über die Tradition des Weihnachtspullis lustig machen würde.

Danke, dass Sie das Buch gelesen haben. Ich hoffe, Sie hatten Spaß mit Lucys neuestem Abenteuer. Werfen Sie hier gleich noch einen Blick in den nächsten Krimi. Folgen Sie mir auf Amazon.

Eine Nachricht von Nancy

Liebe Leser und Leserinnen,

Vielen Dank, dass Sie die Serie der Strickclub der Vampire lesen. Ich freue mich sehr über die Begeisterung, die diese Serie hervorruft. Ich habe vor, noch viele Geschichten über Lucy und ihre bestrickenden Vampire folgen zu lassen.

Über Rezensionen freue ich mich immer, und vergessen Sie nicht, anderen Liebhabern von Häkel- und Strickkrimis von dieser Serie zu erzählen.

Sie können Ihre Rezension auf Amazon hinterlassen.

Ihre Beiträge sind die Wolle, mit der ich diese Geschichten stricke.

Bis zum nächsten Mal.
Viel Spaß beim Lesen,

Nancy

Runen und Rippenmuster - Band 13

Mosaik und Magie - Band 14

Adventsmord und Ajourmuster - Ein Vampir-Strickclub-Adventskrimi

Der Strickclub der Vampire: Band 1-3

Der Strickclub der Vampire: Band 4-6

Der Blumenladen von Willow Waters

Die Magie der Pfingstrose - Band 1

Das Verwunschene Brautkleid

Eine Serie aus fünf romantischen Komödien über Frauen, die auf der Suche nach dem richtigen Kleid, den dazu passenden Schuhen und dem perfekten Mann sind.

Die Flucht der Braut - Buch 1

Die Braut aus Zweiter Hand - Buch 2

Brautjungfer zu mieten - Buch 3

Ein Brautkleid zum Verlieben - Buch 4

Wenn das Kleid passt - Buch 5

Die Oma

Das Jahr, in dem die Weihnachtsoma das Weite suchte

~

Um eine vollständige Liste ihrer Bücher zu sehen, gehen Sie auf Nancys Website NancyWarrenAuthor.com

ÜBER DIE AUTORIN

Nancy Warren ist eine USA Today Bestseller-Autorin und hat mehr als 100 Romane verfasst. Sie stammt ursprünglich aus Vancouver, Kanada, zieht jedoch gerne um und hat längere Zeit in England, Italien und Kalifornien gewohnt. Die Inspiration zur Strickrunde der Vampire kam ihr während ihrer Zeit in Oxford. Gegenwärtig lebt sie teils in Großbritannien, in Bath, wo sie oft so tut, als sei sie Jane Austen, oder zumindest eine von deren Romanfiguren, und teils in Victoria, Britisch-Kolumbien, wo sie es genießt, am Meer zu leben. Zu ihren Lieblingsmomenten zählen die Tage, als sie die Antwort in einem Kreuzworträtsel der kanadischen Zeitung National Post war, als sie es mit ihrem Roman Speed Dating, dem Auftakt zur Buchreihe Harlequin's NASCAR, auf das Titelblatt der New York Times schaffte, und die drei Male, als sie für den RITA-Award, den bedeutenden Preis für englischsprachige Liebesromane, nominiert wurde. Sie hat einen MA in kreativem Schreiben von der Bath Spa University. Sie ist eine begeisterte Wanderin, liebt Schokolade und vor allem liebt sie es, von ihren Lesern zu hören!

Die beste Weise, mit ihr in Kontakt zu bleiben, ist, sich über NancyWarrenAuthor.com für Nancys Newsletter anzumelden (auf Englisch).

www.ingramcontent.com/pod-product-compliance
Lightning Source LLC
Chambersburg PA
CBHW071415170626
46811CB00003B/1407